一夜限りのはずが、クールな帝王の熱烈求愛が始まりました

m a r m a l a d e b u n k o

橘 柚葉

marmalade bunko
マーマレード文庫

一夜限りのはずが、クールな帝王の熱烈求愛が始まりました

目次

一夜限りのはずが、
クールな帝王の熱烈求愛が始まりました

1

ここは、とある地方のローカル線のホーム。

梅雨真っ只中の六月下旬。単線のホームには、色とりどりの傘の花が咲いている。

線路の脇には、紫色のあじさいが雨に打たれて生き生きとしていた。

鮮やかな色が、この雨に彩りをつけてくれているようにも見える。

シトシトと降り続ける長雨は、どうやら明日も続くらしい。

出掛けに見た朝のニュースで、キレイなお姉さんが笑顔でそんなことを言っていた。

しかし、こうも雨ばかり続くと気が滅入ってしまう。

市内の女子高に通う私は、傘の柄を肩に当てていつまでも雨を降らせている空に唇を尖《とが》らせた。

桃瀬結愛《ももせゆあ》、先日十六歳になったばかり、〝三食のご飯〟を最優先に生きる高校一年生だ。

ついでに言うと、それらにおやつもプラス。

この時点で三食以上に食べている私ではあるが、甘い物には目がないのだ。

欲望のまま食べ続けた結果、このボリューミーな身体とぷくぷくな頬を手に入れた。

これで運動でもしていれば食べてもいいのだろうけど、私は動くことが嫌いで運動なんてもってのほか。

体育の成績なんて惨憺《さんたん》たるもので、あの教科は捨てている。

ごめんなさい、歴代の体育の先生方。

人間には向き不向きというものが存在しているのですよ、と心の中で合掌をする。

「これが私。太っていようが痩せていようが桃瀬結愛に変わりはない！」と強い意思を持ち続けていたのだが、この春にその考えを改めた方がいいのではと迷いが出始めた。

とはいえ、十六年という間、私の興味は食べ物のことばかり。

易々と宗旨替えなどできないのも事実な訳で……。

小さくため息を零していると、後ろの方からクラスメイトである千絵《ちえ》が声をかけてきた。

「モモ！　おはよう」

「あ、おはよう！」

「雨、毎日よく降るよねぇ……。そういえば、数学の宿題やってきた？」

「もちろん」

「お！　さすがはモモだね。ってことで、ノート見せて？」

「えー。じゃあ、購買のプリンで手を打とう」

「ぬぬっ……。仕方あるまい」

「では、交渉成立！」

今日の宿題、訳わかんなくてさぁ、と千絵がぼやいているのを聞きながら、残念な自分に頭を悩ませる。

食のことばかり考えるのではなく、もっと違うことに目を向けなくては。

そんなふうに考えている傍からこの有様だ。

相変わらず、キッパリとダイエットをする決断ができない自分にため息しか出てこない。

だが、これはもう仕方がない。

私と食の関係は切っても切れないもの。仲良しすぎる関係を覆《くつがえ》すのが、難しいのは仕方がないだろう。

とはいえ……、きっとこのままではいけない。

（よし、今日のプリンを最後に甘い物絶《だ》ちをしよう！）

グッと拳を握って密かに誓っていると、ホームに電車が滑り込んできた。

車輪が錆び付いているのか。キキィ――ッと、耳を劈《つんざ》く大きな音を立てて電車は止まる。

プシューッという音とともに、扉がゆっくりと開いた。

車内を見て息を呑み、私の顔は引き攣る。

（今から、これに乗り込むのか……）

乗ることを躊躇《ちゅうちょ》してしまうほど、すでに列車の中は人でごった返していた。

雨の日のため、誰しもが濡れた傘を持っているので近づけば濡れてしまう。

いつも以上に、パーソナルスペースを取りたいのにこれでは無理だろう。

乗りたくはないが、乗らなければ学校に遅刻してしまう。乗るしかないのだ。

傘を畳み、意を決して満員電車へと乗り込む。

ムッとした空気が身体に纏《まと》わりつき、思わず眉間に皺《しわ》を寄せてしまう。

濡れた制服の匂いや、サラリーマンの整髪料の匂い、OLらしき女性の香水の香りなどが混じり合っていて匂いだけでもカオスな状況。

二十分ほど、この電車に揺られなければならない。その苦痛を思うと、朝からげんなりしてしまう。

大都市圏の人たちには、「田舎なんて電車混むことなんてあるの？」と嘲笑《あざわら》われそうだが、「混むこと、あります！」と声を大にして言いたい。

地方には地方の悩みというものがある。

電車で言えば、一時間あたりの本数が少ない。

ついでに言えば、車両も少ない。ないないづくしなのである。

朝のラッシュ時だというのに、一時間に二本しかない。それなのに、こうして雨が降った朝は通常なら歩きや自転車通学をする学生たちも乗り込むため、梅雨のこの時期は満員になってしまうのだ。

電車通学をするようになって、約三ヶ月。

だいぶ慣れてきたとはいえ、こうも人でごった返している車内では気も滅入ってしまう。

しかし、それはつい先日までの自分だ。

今の私は、この満員電車もなんのその。〝ご褒美〟があるだけで、苦痛も困難も乗り越えていける。それを、最近実感しているところだ。

キョロキョロと車内を見回して、目的の人を探す。

（あ！　いた……！）

胸の高鳴りを感じながら、進行方向を向いた左扉の隅。その隅であるいわゆる狛犬ポジションに立ち、流れる風景を見続けている彼を見つめる。

両手はイヤホンに触れて、ただ外を見つめていた。

彼は毎日この時間の、この車両、そして左扉の隅に立つ。

白いイヤホンをつけて、何かを聞いている。それが、彼のルーティーンだ。

艶のある黒髪は、触れたらきっとサラサラなはず。目を隠してしまう長めの前髪を掻き上げてくれたら、どんな顔をしているのかわかるのに。

チラリと車内にいる男子高校生を見たあと、もう一度彼に視線を向ける。

他の男子高校生に比べると、彼は背が低い方になるのだろう。そして、身体も細い。

大人しい印象の彼だが、とっても優しいことを私は知っている。

この前は、赤ちゃんをベビーカーに乗せているお母さんを助けていた。

ホームの隅まで行けばエレベーターがあるのだが、ちょうど点検中で使えない。

そのお母さんは階段前でベビーカーを畳み、赤ちゃんを抱っこして階段を上《のぼ》ろうとしていたのだ。

私も助けたかったのだが、残念ながら電車の中。誰か助けてあげて、と見守っていると、彼が何やらお母さんに話しかけた。

どうしたのかと見守っていると、彼はベビーカーを持ち上げて階段を上《のぼ》っていく。

周りにはたくさんの人がいたし、彼より体格のいい大人の男性もいたのだ。

それなのに誰もその親子に手を貸さず、見て見ぬふり。

だが、彼だけは違っていた。

親子を見かけて、すぐさま駆け寄っていく姿には感動で胸が熱くなったほど。

彼の優しさは、それだけじゃない。

この前は、自販機の前で硬貨を落として困っていたおじいさんを助けていた。

自販機の下に入り込んでしまった硬貨を、彼は必死に手を伸ばして拾ってあげていたのだ。

そんな光景を幾度となく見て、私はすっかり彼のことが好きになってしまっていた。

恋心を抱くようになり、彼を探し始めること一週間。

この時間の、この車両、左扉隅に立ち、通学しているということを突き止めたのだ。

少々ストーカーじみているかもしれないが、そこはまぁ……恋する乙女の原動力、ということで許容範囲だと思っていただきたい。

通学時間は把握できたのだが、如何《いかん》せんそれ以外はまだ何も知らないのだ。

彼の名前を知りたいと思っているのだが、直接話しかけるという高度なテクニックは持ち合わせていない。

誰か彼の名前を呼ばないかなぁ、と期待しつつジッと耳を澄ますのだが、彼に話しかける人がおらず判明までは長い道のりになりそうだ。

（お近づきになりたいなぁ……）

他校の男子だ。誰かを通じてなら話す機会もあるだろうが、残念ながら彼と同じ高校に通っている知り合いはいない。それに――。

私はふとガラスに映る自分の容姿を見て、ため息をつく。

マシュマロボディの私では、彼に声をかける勇気はない。自分に自信なんて皆無なので、告白なんてもってのほかだ。

私がスタイルがよくて美人だったなら、勇気を出して話しかけることができたかもしれない。

だが、現実は厳しく、そんな美人にはなれないだろう。

チラリと隣に立つ千絵を見る。彼女は、スレンダーな美人だ。

私が隣にいると「モモは千絵の引き立て役みたい」なんて言われることもある。

千絵はさっぱりとした性格で、私は彼女のことが大好きだ。だからこそ、よく一緒にいるのだが、周りにはそんなふうに映っているらしい。

グサリと言葉が心に刺さり痛くなるが、反論できないのも事実だ。

そんなとき、私は笑ってごまかすようにしている。

見た目がすべてではない。そんなことはわかっている。だけど、第一印象というのはとても重要だと思う。

彼だって、ぽっちゃりな私よりスレンダーで美人な千絵のような子に声をかけられた方が嬉しいはずだ。

そんなふうに考えると落ち込んでしまうのだが、これぱっかりは仕方がない。

今日は金曜日だ。土日は、彼に会うことができない。

それならば、しっかりとこの目に彼の姿を焼き付けておかなければ。

二日間、リアルな彼に会えなくても妄想上だけでも会いたい。

せめて視線だけでも合いたい。そう願うのだが、今までに一度も彼と視線が絡んだことがなくへこんでしまう。

今日こそは、と思いながら彼を見つめていると、ふとあることに気がつく。

彼が立っている扉のすぐ近く。OLらしき女性が眉間に皺を寄せて、何かから逃げようと身体を動かしている。

だが、これだけ車内が混み合っていれば、場所を移動することは不可能だろう。

女性の様子がおかしいことに気がついたのは、私の隣で立っていた千絵も一緒だったようだ。

「ねぇ、モモ」

「……うん」

その女性は、自身の後方を気にしている。

嫌悪感剥き出しの様子を見て、「もしかして……」と一つの可能性が導き出された。

彼女の傍には、中高年の男性がいる。その人の呼吸が、心なしか荒いようにも感じた。

しっかり見えた訳ではない。だからこそ、指摘することができない。

言いがかりだ！　と言われたら困るし、冤罪《えんざい》だったとしたら申し訳ないだろう。

色々と頭の中でごちゃごちゃと考えて躊躇していると、その女性は大きな声で叫びだした。

「この子に痴漢されました！」

そう言って彼女が指差したのは、私の想い人である黒髪の彼。中高年のオジサンではなかったのだ。

金切り声で叫びまくる女性を、乗客は同情した目で見つめている。

そして、同時に黒髪の彼が批難めいた視線を一身に浴びることになってしまった。

黒髪の彼は、オドオドとした様子で慌てている。

それを見て、女性は痴漢の犯人は彼で間違いないと確信したのだろう。

怒り心頭の様子で彼に食ってかかる。

「次の駅で降りてもらうわよ！　駅員さんにお話しさせてもらうわ」

「い、いや……。ご、誤解です」

蚊の鳴くような小さな声で否定をしている。長い前髪のせいで表情は見えないが、彼は青ざめているはずだ。

震える手を何度も顔の前で振り、自分ではないと無実を証明しようとしている。

しかし、女性は「往生際が悪いわよ」と怒鳴りつけた。

その様子を見て、傍にいた中高年のオジサンが「さっさと罪を認めたまえ」などと言い出したのだ。

車内は完全に女性の主張が正しいと思い込んでいて、黒髪の彼へのヤジまで飛び出した。

異様な雰囲気に、息を呑む。しかし、私は真実を知っている。彼が痴漢の犯人ではない。

でも、この空気の中で声を上げるのは勇気が必要だ。

私が躊躇している間も、彼に誹謗中傷が浴びせられる。

私はキュッと手を強く握りしめた。今、彼を助けることができるのは、きっと私だけ。

勇気を振り絞り、私は無我夢中で叫んだ。

「彼は犯人じゃありません！　私、彼のことをずっと見ていたので知っています。彼の両手はずっとイヤホンに触れていました。だから、お姉さんに痴漢なんて絶対にできっこないんです！」

私が真っ赤な顔をして彼を庇《かば》うと、すぐ隣にいた千絵も大きく頷《うなず》いた。

「扉のあたりをずっと見ていたけど、この子が言う通りで彼はずっと手を上げていた。間違いないし」

存在感半端ない千絵が断言すると、女性が戸惑った表情を浮かべる。

誰が犯人なのかと車内がざわついているとき、幼稚園児ぐらいの男の子がお母さんらしき人に話しかけた。

「ねぇ、ママ。あのお姉さんのお尻、このオジサンが触っていたよね？」

「なっ！」

声を上げたのは、「罪を認めろ」と騒ぎ立てた中高年のオジサンだった。顔を真っ赤にして狼狽《うろた》えているオジサンの黙れの空気を読まず、男の子は大きな声で言う。

「電車の中ギュウギュウだったから、手が抜けなくなっちゃったのかなぁ？」

無邪気な声が車内に響き渡る。すると、女性が今度はオジサンを睨みつけた。

「本当ですか？」

「っ」

「次の駅で降りて、駅員さんに事情を話してもらうから！」

オジサンが息を呑んだ瞬間、電車が大きく揺れる。どうやら駅に着いたようだ。扉が開くと、そのオジサンは勢いよく外へと飛び出していく。

「ちょっと待ちなさいよ！」

女性はオジサンのあとを追い、電車を飛び降りていってしまった。

オジサンが逃げ出したということは、やはり彼が女性に痴漢行為をしていたということだ。

車内にはホッとした空気が流れたものの、黒髪の彼を疑った人たちはばつが悪そうに彼から視線をそらしている。

その態度に腹を立てていると、黒髪の彼は私に声をかけてきた。

「……あの」

「は、はいっ！」

初めて声をかけられた。その感動で、思わず涙が浮かんでしまいそうになる。

嬉しさのあまり裏返った声で返事をすると、黒髪の彼は困った様子で再び声をかけてきた。

「……ありがとう」

「え？」

「さっき、助けてくれて」

「っ！」

胸がキュンとして息苦しくなる。

初めて彼の声を聞いたことが嬉しいし、声をかけてくれたことも嬉しい。

彼の声は想像していたより男らしく甘い。ドキッと胸が高鳴ってしまう。

それに、いつも長めの髪で隠されてしまっている通った鼻筋がチラリと見え、シャープな顔のラインが見えた。それだけで興奮してしまう自分がいる。

何より、彼と私と面と向かって話をしているという状況が信じられなくて舞い上がってしまう。

「い、いえ！　そんな。えっと、あの、大丈夫ですか？」

挙動不審気味な私を見て、彼は依然として困った様子で頷く。

そして、柔らかい声で言った。

「助けてくれた……から、大丈夫、です」

「よかったぁぁ！」

思わず心の叫びが出てしまい、慌てて口を押さえる。

ここは、まだ電車の中。騒いではいけない。

顔を赤らめて彼を見ると、「ハハッ」と小さく笑う声がした。黒髪の彼が笑ったのだ。

まさか、恋心を抱いていた相手とこんなふうにおしゃべりできた上、笑いかけてもらえるなんて。

ああ、きっと今日ですべての運を使い果たしたかもしれない。

そう思ってしまうほど、イレギュラーなことが起きている。

彼を守ることができてよかった。そう思いながらも、興奮しすぎて何がなんだかわからない状態だ。

言葉にならない声を出し続けている私を、千絵は小声で呼ぶ。

「ねぇねぇ！　モモ！」

「え？」

千絵がニシシと意味深に笑いながら、私を肘で突いてくる。

首を傾《かし》げると、黒髪の彼に見えないように唇だけを動かして何かを伝えてきた。

『チ　ャ　ン　ス　を　の　が　す　な　！　』

「っ！」

千絵はグッと親指を立てて、健闘を祈るとばかりに満面の笑みを浮かべてくる。

カッと頬が一気に熱くなって戸惑ったが、千絵の言う通りだと思う。

これは、またとないチャンスだ。お近づきになれる、いいきっかけになるはず。

名前を聞きたいし、連絡先も知りたい。いやいや、それは先走りすぎだろうと心の中の自分が叫ぶ。

まずは、友好関係を作り上げたい。

しかし、要望や欲求、野望。色々な感情が入り乱れ、頭の中は真っ白になってしまっている。

「あ、あのっ！」

何を聞きたいのか自分でわからないのに、彼に声をかけてしまう。

だが、そのときだった。キキィーッという耳を劈く音がして、車内が揺れた。

停車駅近くだというのに気を抜いていた私は、ヨロヨロとよろめいて千絵に抱きつく。

ガックンと電車が揺れ、ようやく駅に到着した。

誰の足も踏まずに済んだことにホッと胸を撫で下ろしていると、黒髪の彼は私に頭を下げてくる。

「本当に……ありがとう。助けてくれて」

「あ」

「僕、ここで降りるから」

じゃあ、ともう一度頭を下げると、彼は他の乗客とともに電車を降りていってしまった。

この駅付近には、彼が通っている男子校の他にも大学や専門学校がある。

そのため、車内は一気に人が減って息苦しさを感じなくなる。

いつもならホッとするところなのだが、今の私はそれどころではない。

「えっと、あの……あの！」

彼に声をかけたのだが、残念ながら私の声は彼には届かなかったようだ。

引き留めようとした手と声は、無情にも扉が閉まったせいでなかったものにされてしまった。

「あ、あ……う、うそぉぉぉ」

上げた手は力なく下り、私の嘆きがかすかに零れる。

それを横で見ていた千絵は、ポンポンと私の肩を叩いて慰めてくれた。

「ドンマイ、モモ」

「ううっ……」

折角のチャンスを棒に振ってしまい、ガックリと項垂《うなだ》れる。

落ち込む私の頭を、千絵はヨシヨシと撫でて労ってくれた。

「でも、これで一歩前進じゃない？」

「んん？」

生気の抜けた目で千絵を見つめると、彼女はニカッと眩しいほどの笑顔を向けてくる。

「顔見知りになれたんだし、ここから距離を縮めていけばいいじゃーん」

「そ、そっかぁ……」

希望の光が見え、私は何度も頷く。だが、ふと〝あること〟に気がついて千絵を見る。

「というか、なんで私が……」

「ん？　さっきの彼のことを、モモが好きかわかったかって？」

「っ！」

言葉をなくして慌てていると、千絵は再びニシシと意地悪っ子のような笑いをした。

「モモを毎朝見ているから、わかっちゃったんだもん」

「……っ」

項垂れる私に、千絵はニマニマと意味深な目を向けてくる。

「だって、あんなに熱い視線で見つめていれば誰だって気がつくって」

「……左様でございますか」

「ふむふむ、苦しゅうない。苦しゅうない」

タハハと大口開けて笑う千絵だが、そんな姿でさえもかわいいなんて狡《ずる》いと思う。

美人は何をしても絵になってしまうのだ。

神様の依怙贔屓《えこひいき》にむくれたが、気持ちを切り替える。

千絵の言う通り、これで彼と話すきっかけができた。今回のことで顔見知りになれたのは、ラッキーだろう。

なんといっても、私は彼の恩人。無下にはしないはずだ。

「光が見えてきたかも！」

指を組んで目を輝かせると、千絵は何度も頷いて肯定してくれる。

「ヨシッ！　明日の朝が勝負だよ、モモ」

「うん！」

闘志を燃やし、「この恋、絶対にゲットしてみせる！」と息巻いていた私だったが、結果的には恋が実ることはなかった。

あの日を境に、私は黒髪の彼に会えなくなってしまったからだ。

同じ電車、同じ車両に乗り込み彼を待つのだが、彼の姿を確認することができなくなった。

友人に「男子校に知り合いがいるから、探ってみようか？」と言ってもらえてありがたかったが、丁重にお断りをした。

探るも何も、私は黒髪の彼の名前すら知らないのだ。

手がかりがまったくない状況で、探ることもできない。

あの日、どうして名前を聞き出さなかったのかと後悔しても後の祭り。どうしようもない。

だが、それでもいつかは再び会えるはず。その期待を胸に、ダイエットに励んで私はスリムな身体を得た。

キレイになったはずだと自信を持ち、いつでも告白できるようにスタンバイしていたのだが……。

二ヶ月経ったあとも、彼には会えない状況。

毎日会えていたのに、どうして会えなくなってしまったのか。

理由を色々と考えたのだが、もしかしたら電車に乗るのがイヤになったのかもしれないという結論に辿《たど》り着いた。

痴漢の犯人に間違われてしまったのだ。もう、電車での通学はこりごりだと思った可能性が高い。

そして、もう一つだけ思い当たってしまった。

私に二度と会いたくないから、電車通学を止めてしまったのかもしれない。

電車に乗るたびに彼の姿を探し、見つけるとジッと見つめていた。

その視線が気持ち悪く、ストーカーチックで恐ろしくなったのかもしれない。

私は黒髪の彼に会いたかった。だけど、もし……もしも、私の予想が当たっていたとしたら彼は二度と私の顔を見たくないのかもしれない。

彼と電車で再会し、顔を歪められたらどうしよう。避けられたら、無視されたら……。

そんなふうに考えてしまうと、彼に会うのが怖くなってしまった。

告白して断られるのなら納得もいく。だが、それ以前に私のことを忌《い》み嫌っていたとしたら立ち直れない。

意気地なしの私は、それから通学で電車を使うことは二度となく、時間はかかるがバス通学に切り替えた。

＊　＊　＊

「夢かぁ……」

シトシトと降りしきる雨音を聞きながら目を覚ました私は、深いため息とともに身体を起こす。

六月下旬。この時期になると。毎年同じ夢を見る。

高校に入学したてでした初恋は今も尚、私の記憶の中にしっかりと刻まれていた。

まだまだ制服が似合っていなくて、初々しさが残っていた夢の中の自分。

あれから十年以上が経って、私は二十七歳になった。

ぽっちゃり体型だった当時、黒髪の彼の隣りに立ちたくて必死にダイエットに励んだ。

すっかりスリムになって見た目が別人になり、ちょっぴりだけ自信がついた。

だけど、臆病者の私は、彼に二度と会うことなく初恋は幕を閉じたのだ。

初恋は実らないとはよく言うが、実らなかった代わりに私はスリムなボディを得た。

しかし、見た目が変わると周りも違ってくるのだと気がつく。

今まで私のことなど見向きもしなかった男子から、チヤホヤされるようになったのだ。

それも美人な千絵と同等の扱いをされ始めたのである。

あれほど〝千絵の引き立て役〟だと言われ続けていた私が、だ。

スリムになったのを機に、確かにモテるようにはなった。

ぽっちゃりだった当時のように、理不尽なことを言われなくもなったし告白だってたくさんされた。

だが、私は何も嬉しくなかったのだ。

だって私は、彼がいい。黒髪の彼、あの人がいい。そう思ってしまうからだ。

結局、彼とは高校を卒業するまでに会うことは叶わず、初恋は終了。

大学入学のために上京し、卒業後には大手化粧品会社である〝オンジェリック〟に就職。商品企画部に配属された。

新商品のコンセプトを生みだし、色々な部署と連携を取りつつ商品化できるかを検討するチームに配属されている。

仕事は大変だけど、やりがいがある。職場環境も抜群に恵まれていて、天職じゃないかと思うほど。

ダイエットを成功させてからオシャレに目覚め、メイクにも興味が湧《わ》いた私にとって化粧品に携わる仕事ができて嬉しい。

そういう意味では、ここまでいい人生を送れていると思う。仕事では、に限定したものだけど。

恋愛に関しては、鳴かず飛ばず。

これまで出会いは、たくさんあった。告白されたこともたくさんある。

だけど、私の心には今も尚、初恋の彼が居座っているのだ。

そんな初恋を拗《こじ》らせている私に、今すぐ恋愛をしろと言われてもできるわけがない。

まずは、高校生に戻って初恋をなんとかしなければならないだろう。

とは言っても、名前も居場所も何をしているのかもわからない黒髪の彼を見つけることは困難だ。

絶対に無理だと言い切ってもいいだろう。

「ってことは、私は一生初恋に囚《とら》われて生きていくのかぁ……」

恋がしたい。結婚だってしたい。

それなのに、はじめの一歩で躓《つまず》いているようでは、何も始まらないだろう。

先日、人事部の課長に告白をされた。結婚を前提に付き合ってほしい、と。

相手は私にとって尊敬できる人であり、社内でもとても人気のある男性だ。

新入社員の頃からお世話になっており、人柄もよく知っているし包容力のある大人な男性だということも承知している。

身近に転がっている恋に手を出してしまおうか。

そんな考えが頭にチラつくのだが、それを実行できない。

もちろん、今回も断ってしまった。

恐らく、打算的な恋では長続きはしないだろう。

胸がキュンとして、居ても立ってもいられなくなる恋。そんな恋愛でなければ、長続きなんてするはずがない。

黒髪の彼との再会は無理でも、私だけの王子様との出会いに期待をして日々メイクやファッションに気を配っている。

だが、残念ながら運命の王子様との出会いの兆候はまったくない。

私は、ボサボサの頭を手ぐしで直しながら、盛大にため息をついたのだった。

＊　＊　＊

カツカツとヒールの音を立てながら、足早にオフィスに戻り自分のデスクにつく。

先程まで商品開発部に顔を出していたため、慌ただしくチームの面々に挨拶《あいさつ》をする。

「梶村《かじむら》くん。昨日頼んでおいた書類は出来上がっている？」

「はい、出来上がっています」

彼から資料を受け取り、それに目を通す。

今日は前髪を横に流し、ロングの黒髪はルーズなシニヨンにしてデキる女性に見えるようにした。

髪に緩くウェーブをかけているため、堅い印象にはならない。ラフすぎることもないので、この髪型はお気に入りだ。

今日のコーデは、ラベンダー色の七分丈のタイ付きシフォンブラウス。ボトムは白。センタープレスの少々ワイドなシルエットのものを選んだ。

大人っぽい装いになっていると密かに自画自賛している。

メイクは自社製品を使っているが、あまり濃すぎると私の顔では派手になりがちだ。涼やかな印象になるよう、アイメイクなどにも気を遣う。

私の顔はパーツ自体がキリッとしているため、温かみや優しさを前面に出すようなメイクを心がけている。

今日は淡いグリーンをアイメイクに使い、柔らかさの中にも甘すぎないメイクにしたつもりだ。

パソコン作業のために掛けていたブルーライトカット眼鏡を外し、このあとすぐに始まる打ち合わせの準備に取りかかった。

私、桃瀬結愛が勤めている株式会社オンジェリックは、国内大手の化粧品メーカーだ。

創業以来、女性が社長を務めていて、現社長も女性でヤリ手だと評判である。

美の追求をして時代に合った商品の開発販売を進める一方、サプリメントなどにも近年力を入れている。

私はオンジェリックの商品企画部に所属し、あちこちにアンテナを張り巡らせて常にユーザーのニーズに応えられる商品を作ることを目標に頑張っている。

私が現在任されているのは、二十代から三十代向けの商品企画コンセプトだ。

既存のラインナップとは別にプチプラ――プチプライス、要するにお手頃価格で求めやすい路線を前面に押し出した化粧品を企画している。

販売店としては、ドラッグストアやコンビニなどのセルフ売り場向けの商品だ。

プチプラと言っても、妥協はしたくない。

既存ラインナップに劣るようなシリーズにはしたくないのだ。

とはいえ、予算は決まっている。プチプラシリーズなので、単価は高く設定できない。

そうなると、色々と制約がかかってくる。

値段と化粧品の成分とを天秤にかけつつ、なんとか最高な商品になるように日々励んでいるところだ。

今回のプチプラシリーズのパウダーファンデーション企画は、私がチームリーダーを任されている。

アシスタントを経て企画のノウハウを叩き込んでもらい、二年前に部長から「チームリーダーを経験してみないか？」と言ってもらった。

喜んで引き受けて以降、色々な商品を企画している。

部下たちの育成も兼ねているため色々大変ではあるが、それでも気合いで乗り切っていた。

もちろん、今回のシリーズ起ち上げにも気合いは十分だ。だが……。

「憂鬱だぁ……」

ファイルを両手で抱えながら知らず知らずのうちに呟《つぶや》くと、同じチームの仲間であり、後輩の梶村がクスクスと声に出して笑う。

彼が新入社員のとき、私が指導員をした。それからの縁で、私には特に懐いてくれているのである。

本人に言うと嫌がるが、かわいい系男子だ。

ふわふわの茶髪はデジタルパーマをかけていて、絵本でよく見る天使を大人にしたような男の子だ。

年上のお姉様方からの熱狂的な支持を受けていて、世渡り上手でもある。

そんな彼が、心配そうに声をかけてきた。

「モモさん、今からマーケの帝王と打ち合わせですよね？」

「……その通り」

「だから、そんなに憂鬱そうにしているんですか。納得です」

肩を竦《すく》めて笑い続けている彼を、軽く睨《にら》む。

「笑いごとじゃないわよ？　この闘いに勝たなきゃ商品化はなくなっちゃうんだからね」

「リーダー、頼みますよ！」

「んー、任せておけ！　と言いたいところだけど」

言葉を濁すと、梶村は困ったように眉を下げて笑った。

「なんと言っても、帝王ですからねぇ。次から次にダメだしされるんでしょう？　堪ったものじゃないですね」

「全くだよ」

とはいえ、それがとても的確なので最終的には帝王に従ってしまうのだけど。

そう伝えると、彼も苦笑して頷いた。

「でも、モモさんと帝王って同期なんですよね？　もっと穏便に会議できそうですけど？　この前の合同会議、凄まじかったですもんねぇ」

「あぁ……」

私は、先日行った会議を思い出して肩を落とす。

梶村が言っている合同会議というのは、私のチームメンバー全員と商品開発部の研究チーム、そしてマーケティング部の帝王率いるチームメンバーで行われたのだが……。

私と帝王の白熱した議論をすることになってしまったのだ。だが、それはいつものこと。周りがオロオロするほど、激しくディスカッションをした私たち。

結局、そのときに「再度練り直し」と帝王に突っ返されてしまい、今日再び企画案をプレゼンすることになっているのである。

今回はメンバー全員での会議ではなく、まずは各課のリーダーのみで方向性を決めようということになっているのだ。

商品開発部の研究チームにいる同期との三人ではあるのだが……。

今日も波乱な展開になりそうで頭が痛い。

商品開発部の同期は場の雰囲気を和《なご》ませてくれる癒やし系男子なので、彼がきっと取り持ってくれるはず。それに賭けるしかない。

梶村の言葉を聞いて苦笑していると、ちょうど後ろを通りかかった課長が笑いながら話に入ってきた。

「同期だからだろう？　遠慮がないんじゃないか？　特に桃瀬と帝王は仲がいいからな」

「えー？　それなら、帝王はもっと優しくしてくれたっていいじゃないですか！　俺ならモモさんにあんなきっつい言葉投げつけたりなんてしませんよ！」

ふくれっ面で抗議をする梶村に、課長は「お前は、まだまだ青いなぁ」と肩を震わせて笑う。

「仲がいいからこそ、やり合えているんだよ。コイツらは」

「でも……。帝王、めちゃくちゃ怖いですよ？　特にモモさんに対して。なんか、可哀想ですよ！」

かわいい後輩の言葉に感激して涙目になっていると、なぜか課長は私の方を見てニヤッと意味深に笑ってくる。

「それも愛情ってことだ。なぁ？　桃瀬」

それを聞いて、私は眉間に皺を寄せた。

「愛情……？　仕事中のアイツに愛だの優しさだのはありませんよ？」

「よく言うわ。マーケの帝王に何度助けられているんだ？　桃瀬は」

「うっ……」

課長の言う通りだ。彼の持つデータや分析力に、私は何度も助けられてきた。

押し黙る私を見て、課長はニマニマと笑い続けている。

課長は私から視線をそらし、なぜか梶村に向かって話しかけた。

「仲良しこよしの言い合いだからな、コイツらは。それでデカイ仕事やり遂げるんだから大したもんだぞ？」

「それは、そうですけど……」

「まぁ、なんて言ったってケンカップルってやつだからさ」

「え!?　モモさんと帝王って付き合っているんですか？」

ハッとして私を見つめてくる梶村に、慌てて首を横に振った。

「そんなわけないでしょう！」

キッパリと否定したのだが、課長は未《いま》だにニヤついたままだ。

「まぁ、時間の問題だよなぁ？　桃瀬」

「課長！　違いますからね」

「そろそろ靡《なび》いてやれよ、俺は帝王に同情するね」

「はぁ？」

同情なら、これから再起不能になるまで落ち込まされる私にしてくれればいい。

それに、靡いてやれとはどういう意味だ。別に、彼からは何か言われたことなどない。

顔に不服の色を浮かべたのだが、課長はそれ以上何も言わずに笑いながらその場を去っていった。

訳がわからない。課長の後ろ姿を顔をしかめて見つめていると、なぜか苦笑している梶村が声をかけてきた。

「今日こそは帝王をぎゃふんと言わせてください！」

私の気持ちを汲んでくれた彼はグッと拳を握る。

「ありがとう、頑張るわ！」

「ご武運を！」

梶村に激励されて気合い十分で商品企画部のオフィスを出た私は、意気揚々と打ち合わせ場所に向かう
梶村が言っていた〝マーケティング部の帝王〟と直接対決をするのだ。

それは大変骨が折れるので、先程から何度もため息を零してしまう。

きっと今日もダメだしの嵐で、提案を却下されてしまうかもしれない。

とはいえ、こちらの意見もしっかり聞いてもらうつもりだ。

決意を新たにして、グッと拳を作って頷く。

チームリーダーはやりがいはあるが、責任重大だし毎日駆けずり回っていて正直大変でもある。

だが、いずれ店頭に並ぶであろう商品の企画ができるなんて光栄だ。

やる気は十分。だが、一つだけこの仕事をするにあたり、私……いや商品企画部の前に高くそびえ立つ壁がある。

それをぶっ壊さない限りは、商品化はあり得ない。その大きな壁は、マーケの帝王であり、私の同期だ。

ディスカッションルームのドアの前で立ち止まり、深呼吸をした。

この部屋の中に、私の天敵がいるのだ。

ふぅ、と息を吐き出したあと、意を決してドアを開ける。

そこにはすでに私の仕事上の天敵であり、同期でもある遊佐亮磨《ゆさりょうま》が待ちかねた様子でいた。

「遅いぞ、モモ」

「遅くないし。だって、まだ打ち合わせまで五分もあるでしょ？」

「はぁ？　時計をよく見てみろ」

「へ？」

壁時計を見ると、十時五分。

打ち合わせ開始時刻は十時ジャストだったはず。それなのに、どうしてか時間が過ぎてしまっている。

「え？　え？」

自分の腕時計を確認すると、九時五十五分になっている。

「どうして？　うそぉぉぉ!?　なんで？」

「こっちが聞きたいな」

呆れ顔で私を見つめる遊佐に、ばつが悪くなって笑ってごまかした。

「ごめんなさい。私の腕時計、壊れちゃっていたみたい」

「あのなぁ、俺は忙しいんだ。お前にだけ構っていられない」

「グッ……」

その通りだろう。マーケティング部のエースであり、同期の中で唯一課長職に就く彼は、特に忙しいことを知っている。

ギロリと鋭い視線を向けられ、私はぐうの音も出ない。

遊佐は私の同期だ。だが、年齢は二十九歳。二つ年上である。

他の同期は大学卒で入社しているのだが、彼だけは大学院卒なのだ。

大学院では、統計学や経済学を学んでいたという。

なんでも、教授には大学院に残って教授の道に進んではどうだと打診までされていたらしい。

それを蹴って、オンジェリックに入社したというのだから驚きだ。

「俺は教授って柄じゃない」とは遊佐の言葉である。

そんな彼なので、オンジェリックに鳴り物入りでの入社となった。

最初こそ疑心暗鬼だった上層部は、遊佐の仕事ぶりに唸ったほどだ。

入社五年目だが、私とは違って上司たちにも一目置かれる存在の彼は本当に凄いと思う。

同期というよしみで、こんな感じでため口をきいて接していられる。

本当は、もっと敬《うやま》わなければならない相手だ。

しかし、遊佐は私に同期として普通に接するようにと言ってくるので、その言葉に甘えている。

梶村も言っていたが、遊佐は〝マーケティング部の帝王〟なんて言われている。

とにかく頭の中はデータだらけ。彼にとっては、市場分析や動向予測はお手の物。

彼の言うことは、正しいものばかりだ。

消費者のニーズを掴むためには、どうしたってデータ分析は必要になる。

それを的確なアドバイスとともに教えてくれ、売れるか売れないかわからないなんて危ない橋を渡らずに済むのは本当に助かるのだ。

どれだけ遊佐の意見によって助かった案件があっただろうか。

頭が上がらないのは、私だけではないだろう。商品企画や商品開発はもちろん、営業もかなり彼の力を借りているはずだ。

どこの部も彼の手腕で幾度となくピンチを乗り切っている。

だからこそ、誰も彼に楯《たて》を突くことはできないのだ。

彼の言うことはデータによって確立されており、きちんとした論理で詰められていることはわかっている。

わかってはいるが、こちらとしても必死に考えてきた企画案を通したい。

となれば、丁々発止《ちょうちょうはっし》のやり取りになるのは仕方がないだろう。

仕事が絡むと、私たちは途端《とたん》に犬猿の仲になる。

だが、それは仕事中だけ。普段の遊佐と私は、同期の中でもかなり仲がいい方だろう。仕事さえ絡んでいなければ言い争うことはない。

年上である遊佐は、私にとってはお兄ちゃんみたいな存在だ。

実際には、私に兄はいない。弟が一人である。

とはいえ、遊佐に「お兄ちゃんみたい！」なんてかわいいことを言ったためしはないのだけど。

仲のいい私たちではあるのだが、それを面白く思っていない人たちはたくさんいる。彼とお近づきになりたいと考えている女性社員たちだ。

廊下ですれ違うと睨みつけてくるのは、秘書課のお姉様方である。なかなかに鋭い視線を向けられ、震え上がってしまうほどだ。

実は、このディスカッションルームに来るまでの道のりで彼女たちに出くわしてしまった。

予想通り、しっかりばっちり睨みつけられたのだが、そんなことを私にされてもどうにもできない。できたとしても、肩を竦めるぐらいだ。

私が遊佐とよく一緒にいるのは、仕事絡みが八割。それなのに、彼と一緒にいるからと私を敵視されても困ってしまう。

「いい気になるんじゃないわよ」と睨みつけられたとしても、私にどうしろと言うのか。

「私は遊佐の妹的ポジションですよ？」と示した方がいいのかもしれない。

私が兄と思うように、遊佐も私を生意気な妹みたいなものだと思っているだろう。

家族ではないけど、それほど濃い絆がある。そんなふうに私は思っているのだが、彼はどう考えているのだろうか。

彼女たちの冷たい目を思い出してため息をつくと、遊佐は「早く始めるぞ」と声をかけてきた。

そうだ、こうしてはいられない。

今日こそは、どうしてもこの企画案を突き詰めていきたいのだ。

でも、肝心の商品開発部の研究チームリーダーがいない。

それを指摘すると、「明日にずらしてもらった」とサラリとなんでもないように彼は言う。

「コンセプトがしっかり定まっていないのに、開発部に来てもらってもやれることはないだろう？」

「うぐぐぅぅ」

「それなら、マーケと企画でコンセプトを決めてから、開発に助言をもらった方が効率いい」

全くその通りだが、正論すぎて腹が立つ。

先日、新シリーズの企画案を遊佐に見てもらったのだが、こき下ろされてしまっている。

今回もチームの皆と必死に練り上げてきたのだが、その案をまずは遊佐に見てもらってOKをもらわなければならない。

今回のコンセプトには、自信がある。

不敵な笑みを浮かべる私を見て、彼は片眉を上げる。

「その顔は、自信があるとみた」

「当たり前よ！　前回は散々だったけど、今回こそはチームで練りに練り上げた力作！」

自信満々に深く頷くと、遊佐は唇に笑みを浮かべた。そして、瞬時に彼の表情が一変する。

厳しい視線を向けて、私を促してきた。

「じゃあ、プレゼンの方をよろしく。桃瀬」

「畏《かしこ》まりました」

ここからは、同期じゃない。チームを上げての闘い。ひいては、商品企画部の意地がかかっている。

気を引きしめ、私は遊佐に向き直った。

「では、始めさせていただきます。まずは、昨日メールで送らせていただきました企画書をご覧ください。今回提案させていただきますのは――」

ダメだしされてから、一週間。

チームに問題を持ち帰り、最初からやり直したのだ。

あとは、それをリーダーの私がマーケティング部の課長にぶつけるだけ。

「遊佐課長にご指摘いただきました、消費者へのセールスポイントの変更の件についてです」

改善点を言い終えると、彼は手を軽く上げて止めてくる。

「申し訳ない。いいだろうか」

「はい」

彼は持っていたタブレットを置き、手をデスクの上で組む。

そして、私をじっと鋭い視線で見つめてきた。

「化粧品は色々な会社が作っていて、一年で数百の種類が発売されている。そして、一年後には店先から消える商品も多い」

「……はい」

化粧品は、トレンドの移り変わりが激しい業界だ。

私がぎこちなく頷くと、それを見て彼も小さく頷いた。

「ちょっと守りに入っていないか？」

「え？　どういうことですか？」

目を丸くすると、遊佐は淡々とした様子で続ける。

「確かにいい製品は売れる。堅実に作った商品を世に送り出すことは、とても大切なことだ。しかし、コンセプトがぶれている気がする。多方面に向け、万人受けすることも大切だ。だが、これでは他社の化粧品に埋もれてしまう」

「……」

私たちのチームが作った企画書をタブレットのディスプレイに映し出し、ペンでトントンと指す。

「この前、提出してもらった企画の方が荒削りだが面白かった。今回出してもらった企画は、守りに入りすぎている」

「っ……」

「改めて思うが、やっぱりコンセプトにブレがあるな。桃瀬たちは、何を狙っている？　ロングヒットを狙うのはもちろんだが、何を売りにしてロングヒットを狙うつもりだ？　そこが明確じゃない」

キュッと唇を噛みしめている私には視線を合わせず、遊佐はタブレットをタップして今回提出した企画案を次々と映し出していく。

「爆発的なヒットを生み出すためには、消費者のニーズ、そして時代背景、流行の見極めも必須だ。今回、桃瀬たちが出してくれた企画案は、それに照準を合わせているつもりだろうがブレまくっている」

「……」

「新製品発売というのは、一種の博打《ばくち》に似ている。常にトレンドは変わっていくし、それこそ、ひと月後にはオワコンになる可能性もある」

「……その通りです」

「まぁ、それを見極めるのが、マーケティング部なんだが……。今回出してもらった企画案を見る限りでは、オワコンになる可能性が高い。いや、オワコンになってもいいから出してみたいとは思えなかった。だから、ゴーサインを出すことはできない。

販売戦略に苦慮するのが目に見える」

今回は、自信があった。だからこそ、ダメージが大きい。

チームの皆の顔が脳裏に浮かび、リーダーとして企画案を通すことができなかったことに責任を感じる。

だが、これで終わりじゃない。これからが、また闘いだ。

チームに戻り、再検討をしなければならない。ギュッと両手を握りしめた。

彼は相変わらず事務的な様子で、現実を突きつけてくる。

「競合他社の既存のラインナップ、特に二十代、三十代向けに作られたファンデーションがリニューアルしたのは知っているか？」

「……もちろん。うちのメインラインナップの競合商品ですよね？」

価格帯も同じぐらいで、コンセプトも似たような商品だ。

今回のリニューアルでかなりの改変を加えてきて話題を攫《さら》っていたが、それがどうかしたのか。

頷く私に、彼は真摯《しんし》な視線を向けてくる。

「あまり評判はよくないらしい」

「え？」

驚かずにはいられない。発売からまだ二週間だ。

それなのに、もう情報収集をしてデータ化し、統計結果を出したのだろうか。

「都内にあるドラッグストアを回って、情報収集してきた」

遊佐はペンをクルリと回したあと、腕を組んだ。

「かなり改良をしたようだが、残念ながら消費者はそれを望んでいなかったということだ」

「今回の改良でメイク工程が増えてしまったものね。その分、化粧品にかけるお金が増え、メイク時間も増えたから?」

「その通りだ」

言いたいことを私が理解していることが嬉しいのだろう。彼の口元に笑みが浮かんだ。

その表情がドキッとするほどキレイで、思わず視線をそらしてしまう。

彼と同期になって五年。お互い切磋琢磨《せっさたくま》して、ここまでやってきた。

同期であり、ライバル。仕事場におけるパートナーだと言ってもいいだろう。

そういう認識でいたし、遊佐もきっと同じはず。

だが、相手はかなりのイケメンだ。やっぱりドキッとしてしまうことはある。

遊佐がやはり男性として魅力的だからだ。これはもう、どうしようもないだろう。そう思っている。だけど……。

（なんか……ここ数年。ドキッとすることが多いような……？）

過ごす時間が増えれば増えるほど、関係は深まる。どんな人でも同じことが言えるだろう。

それが理由だとは思うのだが、彼に対してドキッとする回数が増えている気がして困惑する。

そんな私の戸惑いに気がついていない様子の彼は、話を続けていく。

「だが、このデータはドラッグストア限定の話だ」

「え？」

「百貨店、大手スーパーにあるカウンセリング店では違う結果が出ている。この会社のリニューアル品は大変好評らしい」

「ええ……？」

なんだ、それは。口に出さなかったが、私を見て疑問を悟ったのだろう。

彼は、眉を下げて苦笑いを浮かべる。

「結局は、消費者層が違うってことだろう。基本中の基本だな」

「まぁ……そうなんだろうけど」

「ドラッグストアやコンビニは、街の至る所にある。消費者の目に触れる機会も多いだろう。一方、百貨店などは化粧品を求めるためにと目的を持っていく人が多い。だが、ドラッグストアなどは店内を歩いていて目に飛び込んできたものを購入する率が高い」

「そうだよね」

「ああ、だから、モモたちが考えた守りの案も間違いではない。ただ、残念ながらそれでは消費者のターゲットを絞り込めていないということだ」

「ん――」

「トレンドは刻一刻と変わっていく。しかし、商品開発には時間がかかるから、トレンドが変わったあとに発売となると目も当てられない。だからこそ、今後の市場の動きを予測していかなければならない。そこが難しい。だが、それが俺の仕事でもある」

「ん……」

遊佐が言いたいことはわかる。

だが、それならどこに着目して新製品を考えればいいのだろう。

それを考えるのが商品企画部じゃないのかと言われれば、その通りなんだけど。迷宮に入り込んだ、と両手を上げて降伏状態の私に、遊佐は最初にこの企画が立ち上がったときに提出した書類を取り出してきた。

「これ、モモの案か？」

「え？　ああ、うん。あれ？　この前、渡した資料の中に紛れていた？」

「ああ」

ボツ案だと思って隅っこに走り書きをしてあったのだが、消し忘れていたようだ。

それを見て、彼はニヤリと自信ありげに口角を上げる。

「これ、俺はいいと思ったけど？」

「え？」

「ファンデのコンパクト、軽量化は賛成。それも薄目ってとこもいい。レフィルを収めるケース？　どういうこと？」

「えっと。コスメポーチの軽量化にも繋がるんだけど、パクトを紙製にしちゃうなんてどう？　パクトってかわいいけど結構かさばるの。ケースをもっと安価にして、気分によって変えられるっていうのもありじゃないかなって。鏡じゃなくてミラーシートとかにすれば軽量化に繋がるかも……とか？」

まさかボツ案を拾い出されるとは思っていなくて、しどろもどろに答える。

それを静かに聞いていた遊佐は、柔らかい表情で見つめてきた。

ドキッと胸が高鳴ってしまう。顔が熱くなりそうになるのを、「平常心」と心の中で呟いて落ち着かせる。

遊佐は、その走り書きに長い指でトンと触れた。

「さっき、コスメポーチの話をしたけど、結構レフィルをそのまま袋とかに入れて使用している人がいるらしいんだ。うちのホームページのアンケートにも、ちらほらそんな意見が出ている」

「え？　どうして？」

「理由は様々だな。一緒に発売されたパクトが気に入らなかったとか。それこそ、軽量化を考えてレフィルだけっていう人もいる」

「じゃあさ！　サンプルみたいに小さなファンデとかってどうだろう？　あそこまで小さくなくても、すぐに次を買い換えられるっていうのは。もちろん、普通のラインナップは通常通りの大きさにして。気軽に色々と試すことができるようにするとか？」

「面白いんじゃないか？　その線を追求していくのもいいと思う」

「そう!?」

「ああ。〝カテゴリーワン戦略〟を狙うためには、着眼点はいいと思う。着せ替えできるファンデ。それも、内容量を少なくして、同じシリーズを集めやすくするというのもいいんじゃないか？」

「なるほど……」

「それこそ、コフレみたいにしても面白いかもしれない」

「コフレ？」

コフレとは、フランス語のｃｏｆｆｒｅｔからきていて宝石などを入れる小箱のことを言う。

化粧品業界では化粧品のセット商品のことを指すのだが……。

そこでハッとして、腕を組んで考えを巡らせる。

「ねぇ、今回のコンセプト！　朝の一分を無駄にできない忙しい女性っていうのはどう？」

遊佐に視線を向けると、「続けて」と促してくる。

「小さなコンパクトに全部詰め込むの。ファンデからアイブロー、アイシャドー、チーク、リップ。で、その日の気分で選べるようなラインナップにするの。クール系にしたいときとか、デート用に華やかにしたいときとか」

「シーンによって選べる小さなコフレパクト。面白そうじゃないか」

「いいよね！」

「ああ。販売戦略的には、コンビニ限定っていうのもいいかもしれない。コフレパクトは外出時用にしてもらい、内容が気に入ってくれたのならドラッグストアなどで通常サイズのものを買ってもらう。それは常に家にストックしておくようにする」

「うんうん。もし、他のシリーズや他社のメイクシリーズがある人でも、コフレパクトなら手を出しやすいかもしれない」

「リップやアイメイク用の製品は使い切らずに次に手を出す人が多いが、ファンデーションは最後まで使い切ってから次を考える人が多いイメージがある。でも、コフレパクトは外出時用としておけば、そういう人にも手を伸ばしてもらいやすいだろう」

「いいんじゃない？　あとは、研究チームに商品を小さい容器に詰めたときの耐久性結果を出してもらったりすればいい。路線としては、プチプラのロングセラー商品ってところは変わりなく、消費者へプレゼンの意味でのコフレパクト販売をして固定客をゲットする」

「じゃあ、その路線でもう一度チームに持ち帰って考えてきてほしい」

「了解！」

資料片手にバンザイしながら、私は彼に笑いかける。

「悔しいけど、やっぱり遊佐はすごいね」

「ん?」

「その頭の中は、どんなデータが入っているんだろう」

コンセプトが決まった高揚感、純粋に尊敬する気持ちで彼を見つめると、なぜか視線をそらされた。

え、と驚いて彼の横顔を見ると、耳が微《かす》かに赤くなっているように見える。

照れているのかとも思ったが、気のせいだろう。仕事中の彼は、冷静沈着だ。そんな隙を見せないはずだ。

瞬きを繰り返している私に、彼はぶっきらぼうに言う。

「これが俺の仕事だ」

「そうだけどさぁ……。こうなんていうか、もっと一緒に盛り上がろうよ!」

ようやく方向性が決まったというのに、相変わらず仕事中の遊佐はクールすぎる。

ふくれっ面で文句を言うと、彼は資料を片付けながら依然私を見ずに言う。

「そういえば、今夜。同期会だろう? モモは行くのか?」

「行くよ! 遊佐は?」

「……行くつもり」

「了解。じゃあ、またあとでね」

彼がつれないのは、いつものこと。そう割り切ってディスカッションルームを出ようとすると、彼に呼び止められた。

「あ、モモ」

「ん？」

足を止めて振り返ると、遊佐は何か言いたげな顔をしている。

ん？　と小首を傾げると、彼はなぜか首を横に振った。

「いや、なんでもない」

「そう？　じゃあ、あとでね。私は、これからチームに戻ってコンセプトを煮詰めてくるから」

歯切れが悪い彼に違和感を覚えたが、今の私は出てきたアイデアをピカピカに磨き上げることで頭がいっぱいだ。

ヒラヒラと遊佐に手を振ったあと、意気揚々とオフィスへと戻った。

2

金曜日の仕事終わり、ただいま夜九時過ぎだ。

「おい、そんなに呑むなよ？　介抱してやらないぞ？」

「そこは〝今日は呑め。俺が最後まで面倒みてやる〟って言うところでしょうが～」

完璧にくだを巻いている私は、きっと女として終わっている。

醜態を晒していることはわかっているが、どうしても鬱憤《うっぷん》を吐き出さなければやっていられない。

ハイボールを呑みながら、私は重すぎるため息を零した。

拗《す》ねている私を呆れ顔で見つめた遊佐は、半ば諦めた様子でビールを呷《あお》る。

ザルな彼にとって、アルコールは水と一緒らしい。ゴクゴクと喉を鳴らしながら呑む様はあっぱれだ。

喉仏が上下し、そこに男の色気を感じてしまった私は、なぜか苛立ちを覚える。

「むかつく……、遊佐め」

「なぜに俺？　なんにもしていないが？」

「うるさ――い！　八つ当たりだ！　大人しく受け止めろぉぉぉ」

「すでに酔っ払いかよ。……堪ったものじゃないな」

堪ったものじゃないと言いながらも、甲斐甲斐《かいがい》しく世話をしてくれる彼は徳を積んだ僧侶さまのようだ。

いつも傍にいてくれて嬉しい。そんなふうに私が思っていることを、遊佐は知らない。

しかし、彼にしてみたら本当に堪ったものじゃないだろう。そんなことは、私にだってわかっている。

だが、こんなふうに自分の気持ちをありのまま吐き出すことができる相手は遊佐しかいない。そう断言できるぐらい、彼に信頼を寄せている。

仕事でもプライベートでも、私にとってなくてはならない人だと思う。

面と向かっては恥ずかしくて言えないけれど、いつも感謝している。

同期であり、自分より年上の頼れる兄貴分だ。

そんな彼に甘えている。わかってはいるが、他の誰にも弱みを見せられない私にとって彼はかけがえのない男性だ。

心の中で謝罪をしながら、それでもやっぱり甘えてしまう自分はダメな人間である。

つい先程まで、同期会が行われていた。今は、その帰りである。

皆と別れたあと、「呑み足りない」と遊佐に訴えて居酒屋にやってきたところだ。

同期会はオシャレなダイニングバーで行われたが、ここは所謂《いわゆる》赤提灯と呼ばれる居酒屋だ。

店内には中年のサラリーマンばかりで、ガハハと豪快な笑い声が響き渡っている。

オシャレとはほど遠い、昔ながらの居酒屋といった感じだ。

炭火のせいで白く煙っていて、焼き鳥を焼く匂いが充満している。

デートで使うような店でないことは確かで、同期の二人にはちょうどいい店のチョイスだろう。

常連だと言っても過言ではないほど、遊佐と私はよくこの店にきている。

彼と私の関係のように、気兼ねしなくていいので居心地がいい。

ただ、女子が好む店では決してないので、私以外の女性客をあまり見たことがないのが玉に瑕《きず》ではあるのだが。

ネギマを前にし、私はつい三十分前に繰り広げられた同期たちからの説得を思い出し、盛大にため息をついた。

私たちの同期は仲がよく、ひと月に一度は呑み会をしている。

入社した年からなので、かれこれ五年続いているだろうか。

支社に転勤になったり退職したりと人数の増減はあるが、それでもこうして続いているのは同期の団結力が強いからなのだろう。

いつものように日頃の鬱憤を晴らす会だと思って今回も参加したのだが、なんと同期二人が結婚をするという報告会でもあったのである。

今年に入って、これで五人が結婚を決めた。

お祝い事は喜ばしいこと。だが、実際は涙目の私だ。

どうやら私の同期は幸せを掴むのが上手なようで、結婚を決めるのが早めなのである。

支店などに散らばった同期たちも全員家庭持ち。今現在、結婚の「け」の字を言っていないのは、私と遊佐とあと三名ほど。

しかし、その三名にも今の時点で恋人がいて結婚秒読みといった感じだ。

現在、恋人がいないのは私と遊佐の二人きり。

その現実を突きつけられたとき、目の前が真っ暗になったのは言うまでもない。

一気にテンションが下がった私を見て、同期の皆は言いたい放題だった。

「選《え》り好みしているからいけないのよ、モモは」

「そうそう！　あちこちから声かけられていることは知っているのよ？　とりあえず、ＯＫして付き合ってみればいいのに」

「つい最近、人事部の課長に告白されたんでしょ？　あんなにいい男、どうして振るかなぁ？」

慰めるというよりは、私に対しての批難ばかりだ。

それより、そんな最新情報をどこから入手してきたのか。彼女らの情報収集力には恐れ入る。

私を労ってくれないの？　と涙目で訴えると、皆が皆冷たく一瞥《いちべつ》してきた。

「自業自得。今からでも遅くない。課長に土下座して、付き合ってもらいなさい」とまで言われてしまったのだ。

「土下座って……」

苦笑いをする私は、遊佐を除いた同期のメンバー全員に説得されることに。

「とにかく、モモ。とりあえず男と付き合っておきなさいよ。話はそれからよ」

「付き合いなさいって言われても……。好きでもないのに？」

気持ちが伴わないのに、告白を受け入れて付き合ったとしても相手に失礼だ。

そう主張する私に、同期の面々――特に既婚者たちからはため息混じりで言われた。

「そんなこと言っているから、この年になっても誰とも付き合えていないのよ。好きになるきっかけを作るのも大事でしょ？」

「そ、そんなもん？」

「そんなもんなのよ！　モモってば仕事はデキて格好いいし、美人系ＯＬなのに。どうして恋愛になると中学生もビックリなほど奥手になるのよ！」

「どうしてって言われても……。色々と自信がないんだよねぇ」

シュンと肩を落とすと、今度は同じ年齢のはずなのに皆がお姉さん風を吹かせてきた。

「あのね、モモ。誰だってはじめは初心者なのよ。社会人で言えば、モモは新入社員もいいところなの。失敗なんて恐れないで突き進まないといけないの。そうしなきゃ、本当の恋なんてできるわけないでしょう？」

その言葉に、ガツンと頭を殴られたように感じた。

確かに、私は皆がすでに通り過ぎたであろう恋愛のファーストステップができていない状況。

アラサーを目前としている今、それでいいのかと不安が過《よ》ぎる。言いようもない将来の不安が押し寄せてきた。

数年前までは、「いつか恋愛できるでしょう」と気楽な気持ちで高をくっていたのだが、焦りのようなものを感じ始めている。

こういうのは縁でもあるし、焦ったからといってうまくいくはずがない。

それは理解できている。だけど、少しだけ考えてしまった。

誰とも心を通わすことがなく、一生を終えてしまう可能性が現実味を帯びているということを……。

青ざめる私に、同期たちは説得を続けてくる。

「人事課長のこと、いいなぁとは思わなかったわけ？」

「そ、そりゃあ……」

確かに素敵な人だし、尊敬もしている。

あんなに色々な面でデキる男性が、まさか私のことが好きだなんて最初は嘘かと思った。

真剣な眼差《まなざ》しで告白されて本気だと伝わってきたからこそ、お断りするのは胸がとても痛んだ。

だけど、気持ちに応《こた》えることができない以上、仕方がない。

だんまりを決め込む私に、男性陣たちも声を揃えて言い始める。

「桃瀬、どうして課長を振ったんだよ？　うちの会社の有望株だぞ。将来安泰なのに」

「そうそう。男の俺から見ても、課長めっちゃ格好いいじゃん」

「今、フリーでいるのが奇跡みたいなもんだぜ？　桃瀬は、デカイ魚を逃がしたも同然だぞ？」

男性陣にまで言われ、私は口を噤《つぐ》むしかなかった。

結婚を前提にとまで言ってくれたのだから、とても大事に私のことを考えてくれていたはずだ。

嬉しかったのは確かではあるが、だからといって「じゃあ、付き合いましょうか」とはならない。なるはずがない。

きちんと好きじゃなければ、付き合うなんてできないだろう。

そう主張すると、同期たちは盛大にため息を零したのだ。

「合コンで意気投合して付き合う人たちっているでしょ？　そういう人たちのこと、どう思っているのよ？」

「どうって……。純粋にすごいなぁって思う。一目惚れみたいなものでしょ？」

正直に答えたのに、再び周りはため息の嵐だ。納得いかない。

憮然《ぶぜん》としていると、呆れ返ったように指摘される。

「……まぁ、そうだけど。そうとは限らない訳よ。なんとなくフィーリングが合うかなぁ？　お試しに付き合ってみようかなぁ？　っていう軽いノリの人だってたくさんいるわよ？」

黙りこくる私に、次から次に周りが説得を試みてくる。

「あのね、モモ。付き合いださなくちゃ、わからないことっていっぱいあるのよ。モモが望んでいる正統派な恋愛をしたとしてもよ？　表面を見ているだけで、家でその彼がどんなことをしているかなんてわからないでしょ？」

「た、確かに……」

深い。さすがは、人生経験が私より遥かに多い同期たちだ。食い入るように彼女らを見つめる。

「きっかけは、なんだっていいのよ。付き合ううちに深い仲になる可能性もあれば、好きで仕方がなかった人なのに、一緒にいるようになったら違和感を覚えることだってある。まずは、付き合ってみるっていうのも男を知るための手ではあるのよ」

やけに説得力のある話に、私は前のめりで頷く。

ようやく話を聞く態勢が整った私を見て、彼女たちは無茶なことを言う。

「とにかくさ、課長に話してみれば？　私は男性と付き合ったことがないので、うまく恋愛できないかもしれません。それでもよかったら付き合ってくださいって。課長は喜んでモモを口説いてくれるわよ？」

「いやぁ……。それは、ちょっと……」

尻込みして言葉を濁す私に、皆の目の色が変わった。

「いいこと？　モモ。声をかけられているうちが華よ。そのうち、誰からも相手にされなくなっちゃうからね！」

「っ！」

「周りに誰もいなくなってから、人肌恋しい……恋したい！　と思っても、遅いんだよ？」

「ううっ……！」

「それでいいわけ？　モモ！」

皆の声が、グサグサと私の心にダイレクトに突き刺さる。

どうしたらいいのかわからず、助けを求めて遊佐に視線を向けた。

彼と視線が合ったのだが、なぜか面白くなさそうに視線をそらされてしまう。

（遊佐……？）

彼の態度に違和感を覚えたが、そのあとも、彼はふて腐れた様子で私たちの会話に入ってこようとはしなかった。

彼から援護を受けることができないことに落胆している私を、同期の皆は更に発破を掛けてくる。

結婚を決めた同期二人からも懇々《こんこん》と説得をされた私は、すっかり意気消沈してしまったのである。

遊佐を除く同期たちからは、「とりあえず、一度男と付き合うべきだ」と口を揃えて言われてしまった。

勢いに呑まれ、私は何も言い返せなかったのだが……。

ハイボールを呑んだあと、涼しい顔で隣りに座る遊佐を見て唇を尖らせる。

「ねぇ、遊佐」

「ん？」

「どうして助けてくれなかったのよぉ」

呂律《ろれつ》が回っていない。今日はもう、許容量を超えてしまっただろうか。

フワフワとした意識の中、私は遊佐に絡んだ。

彼はチラリと視線を向けてきたあと、私が持っていたグラスを取り上げる。

そのグラスを私から遠ざけたあと、ボソリと小さく呟く。

「助ける必要はないと判断したからだ」

「冷た――い！」

「うるせぇ。それより、また男を振ったのか？」

遊佐までそんなことを言うのか。口を尖らせて、反論する。

「うるさいわよ、遊佐！　というか、遊佐にだけは、そんなこと言われたくない。アンタだって、女の子いっぱい振っているのを知っているんだからね！」

鼻息荒く反抗する私に視線を向けたあと、彼はすぐに目をそらしてビールジョッキに手を伸ばそうとする。

無視されたように感じ、ムッとして再度抗議の声を上げた。

「人でなしー！　そこは、男気見せて助けてくれるところでしょう!?」

「……」

遊佐は私の抗議に応えず、生ビールを飲み干した。そして、どこか憤りを隠せないような表情でビールジョッキを睨みつけている。

どうしたのかと聞こうとすると、彼らしくない弱々しい声で言った。

「……お前の気持ち、知っているし」

「え？」

「高校のときにした、初恋が忘れられないんだろう？」

「どうして……それを？」

唇を震わせながら言ったあと、私は遊佐から視線をそらす。

どうして私の気持ちを知っているのだろう。それも、過去の恋に囚われていること を把握しているようだ。

ドクドクと胸の鼓動がうるさい。

微動《びどう》だにせずに次の言葉を待つ私に、彼はため息交じりで呆れながら言う。

「モモが前に言っていただろう？」

「言ってない！　いつ、私がそんなことを……？」

驚いてしまい、勢いよく立ち上がってしまった。

その反動で椅子が倒れそうになったのを、隣りに座っていた遊佐は慌てて押さえて くれる。

「ったく。危ないだろうが。ほら、座れよ」

「だって……！」

顔が真っ赤になっているはずだ。だが、それを隠す余裕など、今の私にはない。

視線を泳がせたまま立ち尽くしていると、遊佐は小さく息を吐き出す。

「初恋拗らせているっていうのは、二人で呑んでいるときに聞いた」

「え？」

「入社二年目の頃だったと思う。仕事がうまくいかなかった時期にヤケ酒をしたことあっただろう？」

「……」

「〝恋ができない〟〝初恋拗らせすぎちゃった〟って言ったこと、覚えていないのか？」

「覚えてない……」

そういえば前後不覚になるほどグデグデに酔っ払ったことが一度だけある。

遊佐は甲斐甲斐しく私を介抱してくれたのだが、そのときに口を滑らせてしまっていたようだ。

彼はゆっくりと椅子から腰を上げると、私の両肩に手を置いて強引に座らせてくる。

私を椅子に座らせたあと、彼も再び座りながら店員に生ビールの追加を頼んだ。

唖然《あぜん》と座っていると、遊佐はグラスの水を勧めてくる。

「まずは水を飲め、モモ。ちょっと落ち着け」

「……落ち着けない」

視線を落とすと、ぶっきらぼうな口調で宥《なだ》めてきた。

「別に初恋拗らせていてもいいんじゃないか？」

「え？」

てっきり呆れられていると思った。慌てて彼の顔を見つめる。

私の顔をジッと見つめる彼の目は、どこか温かくて優しく感じられた。

胸が意図せずに躍ってしまい、息を呑む。

高校生の頃といえば、今から十年以上前のことだ。

同期たちには誰とも付き合ったことがないということは話しているが、その理由は話していない。

そんなお子様な恋は思い出として、さっさと見切りをつけなさい。そう言われることが予想できたからだ。

私だってそう思う。早く見切りをつけた方がいいことぐらいわかっていた。それができない自分が歯痒い。

社会人になったのだから、大人の恋がしたい。私は、強くそう願っていた。

恋愛をするチャンスは、幾度もあったと思う。

だが、それに気づかぬふりをし続けていた。ある意味、自業自得でもある。

最初こそは、それでもいつかは誰かと恋をして付き合うことができるだろうと楽観視していた。

だから、焦燥感は覚えなかったのだ。

しかし、社会人になって五年。一向に恋ができないことに、さすがに私も不安を抱き始めた。

初恋の彼が一番だと思っていたために、他の恋ができずにいたのだが……。

ずっと抱えてきた不安を、同期の皆に指摘されて動揺している。

だからこそ、憂さと不安を晴らしたくて遊佐にこうして呑みに付き合ってもらっていたのだが……。

「遊佐が、そんなふうに言ってくれるとは思わなかった」

嬉しかった。ニッコリとほほ笑むと、彼は店員が持ってきた生ビールに口を付けようとして何かを呟いた。

「……まぁ、俺も似たようなものだったし」

「ん？　なんか言った？」

彼の声が小さすぎて、何を言ったのか聞き取れなかった。

「……」

「遊佐？」

私の質問には答えてくれず、彼は一気に生ビールを飲み干す。

ドンと音を立ててジョッキをテーブルに置き、口元についていた泡を手の甲で拭う。

その仕草がドキッとするほどセクシーで、慌てて視線をそらした。

無自覚に色気を振りまくのは止めてほしい。

動揺しているのを悟られたくなくて、私はすっかり冷めてしまったネギマに手を伸ばす。

パクリと齧《かじ》りついて串から外してもぐもぐと口を動かしていると、遊佐は「モモ」と声をかけてきた。

まだ彼に視線を向けたくはないのだが、横顔に視線を感じてジリジリとしてくる。

仕方がない。渋々といった雰囲気を出しながら、隣りに座る遊佐の方を見た。

「っ……！」

ゴクン。噛んでいた鶏肉をあまり味わう暇もなく、飲み込んでしまう。

そこには、仕事中に見せるような真剣な表情の彼がいたからだ。

いや、仕事中とは少しだけ違う。

こちらが恥ずかしくなってしまうほど、熱情的な目をしている。そんな気がした。

薄く口を開けて何も言えずにいる私を、じっと見つめてくる。

「モモ。お前……皆の話を真に受けるなよ？」

「え？」

「恋愛のタイミングは人それぞれだ。もちろん、考え方も様々。無理に一般論に寄せようとは思わない方がいい」

「遊佐」

彼の言うことは正論だ。皆に合わせることも、一般論に寄せる必要もない。

しかし、やっぱり不安は込み上げてきてしまう。

私は、このまま誰とも愛し合うことができないかもしれない。初恋が私を邪魔するからだ。

ずっと心の奥底に残っている、青春の甘酸っぱい記憶。

それは、時間が経つことで美化されている気がしてならない。

現実を見て、地に足を着けるべきだ。今のタイミングしかない。いや、すでに遅すぎたかもしれないのだ。立ち止まっている場合ではないだろう。

取り上げられていたグラスに手を伸ばし、彼の制止を聞かずにそれを飲み干した。

「ううん、遊佐。私は、このままじゃいけない」

「は……？」

呆気《あっけ》に取られている彼の腕にギュッと掴まり、目をまっすぐに見つめる。

「私は、このままじゃいけないんだよ。一歩を踏み出さなくちゃ」

「お、おい。モモ？」

遊佐の声に耳を貸さず、私はキュッと力強く唇を結ぶ。

「いつまでも初恋に囚われていたらダメだよ、うん」

どうせ初恋は叶わない。そして、長い間抱いていた初恋は報われない。

記憶の中の彼の姿も曖昧《あいまい》になりつつあるのに、いつまでも囚われていていいのか。

名前も知らない、どこにいるのかも知れない相手との恋に縋っていてなんになるというのだろう。

「そうだよ。このまま初恋を引き摺《ず》っていたら、ずっと私は恋愛初心者のまま。それでいいはずがない。ずっと停滞していたら、見える未来も見えなくなっちゃうわ！」

思いを口にすればするほど、ますます危機感が募っていく。

三十歳を目前とした今、大人の女性になるためには恋愛もするべきだろう。

皆が言うように、まずは恋愛のきっかけを掴まないといけない。

人事課長にこれまでの自分のことを正直に話して、付き合ってもらった方がいいのだろうか。

酔いのせいか。冷静な判断ができない自分がいるが、それでも今のこの状況を打破したい。それだけは、強く言える。

「やっぱり……土下座？」

「おい！　モモ！」

あれこれと頭の中で暴走していた私の耳元で遊佐が叫んだ。

え、と驚いて横を見ると、不機嫌を通り越した無表情な顔で彼は私を睨みつけていた。

あまりに鋭い視線に、オドオドしてしまう。

「えっと、遊佐？」

どうしてそんなに怒っているのだろうか。

彼が怒っている理由がわからず慌てていると、突然私の肩を抱き、グイッと引き寄せられた。

「あ！」

コテン、と私の頭は彼の腕の中へ収まってしまう。

ここは、中年サラリーマン率が高く、焼き鳥を焼く煙がもくもくと立ちこめている赤提灯。

ワイワイ騒いで酒を酌《く》み交わす騒がしい店内だ。男女がイチャつくような場所では決してない。

それなのに周りの目を気にせず、遊佐は私を抱き寄せてきた。

心臓が痛いほどドクドク鳴っている。

彼の体温に包まれて、身体が熱くなってきてしまう。

こんなふうに、男性に抱きしめられた経験はない。だが、嫌悪感はない。

それどころか、心地よい体温にもう少し包まれていたい。そんなことを考えてしまう自分がいることに唖然とする。

急に今の状況を把握し、彼の腕の中で身じろぐ。

「ちょっと……！　遊佐？　どうしたの？」

大声を上げたら、周りの視線がこちらに向いてしまうだろう。

それを恐れて小声で訴えたのだが、依然として抱きしめたままだ。

斜め上に見える彼の目を見て「離して」と訴えてみるが、却下される。

「人事課長に恋人になってほしいってお願いするつもりか？」

「そうじゃないけど……」

「そうじゃないけど?」

遊佐が、冷たい視線で見下ろしてくる。

彼の視線を受け止める自信がなくて、ソッと目を伏せた。

一瞬脳裏に「頼んでみようか」と浮かんだことは確かだが、それではあまりに誠意にかけるだろう。

そんなことをして、実際課長のことを好きになれなかった場合に困ることになる。

ただ、何かきっかけは必要ではないかと思ったのだ。

初恋を振り切る努力をしなければ、いつまでもこの場で蹲《うずくま》って指を咥《くわ》えているしかできないのだから。

いつもと違う様子の遊佐に驚きつつも、正直な気持ちを告げる。

少しだけ拘束が緩まった彼の腕から抜け出した。

店の中はとても賑やかだ。サラリーマンたちの豪快な笑い声、注文を聞いて威勢よくお礼を言う店員。目の前では、焼き鳥を焼く炭の爆《は》ぜる音。

しかし、私と遊佐の間には沈黙が落ちる。

気まずい空気を吸い込んで呼吸がしにくい。

「出よう」

　彼が立ち上がり、店員に「おあいそを」と言う。その背中を見つめながら、私も立ち上がった。

　店員たちの「ありがとうございました！」という威勢のいい声を聞きながら、引き戸を閉めた。

　ただならぬ空気感が二人を包んでおり、それだけで何も言えなくなってしまう。

　なんとか重い雰囲気を払拭したくて、彼に声をかけた。

「遊佐。お金……」

「今日はいい。次はモモがよろしく」

「でも……」

　そんなことを言っていても、結局次回あやふやにされてしまう気がする。

　財布を開こうとしたが、彼の手に止められた。

「いいから」

「ん……。了解。ごちそうさまです」

　なんとなく今日はこれ以上押すことができず、私は素直に財布をバッグにしまった。

　そこで再び無言になった彼を見て慌てた私だったが、頬に当たる冷たい滴《しずく》に意識が向く。

「あ……雨」

店に入る前は、雨は降っていなかった。

梅雨時期だから、いつ雨が降り出してもおかしくはないだろう。

だが、今日は朝から天気がよかったために傘の準備を怠《おこた》ってしまった。

そうこうしているうちにも、ポツリポツリと雨粒は空から落ちてくる。

店先で突っ立っておらずに早く駅へと向かわなければ、濡れてしまうだろう。

わかっているのだが、どうしてか足は動かなかった。

隣に立っている遊佐の足も、同様で動かない。

彼が何を考えているのかわからず、戸惑いだけが溢れてしまう。

抱擁は、私を慰めるためか。それとも、バカなまねをしそうになっている私に対しての戒《いまし》めか。

何か話さなくちゃ。通常時の二人の空気感を求めて、声をかけようとしたのだが先に声を出したのは遊佐だった。

「初恋を、忘れたいか?」

「え?」

突然そんな質問を投げかけられたため、反応が遅れる。

瞬きを繰り返して見上げると、彼の表情に初めて見る陰りが見えた。

どこか硬い表情の彼に、首を傾げる。

「忘れたいんだろう？　で、一歩を踏み出したい」

「遊佐？」

「そういうことなんじゃないのか？」

「まぁ……うん」

先程の話について、遊佐なりの見解を言おうとしているのだろう。

雨脚が強くなってきた。降りしきる雨を見つめながら頷く。

「って言ってもさ。簡単にできるようなら、今頃たくさん恋愛しているとは思うんだけどね」

わざと軽く笑い、私は「ごめんね」と謝りを入れた。

「面倒くさくてごめん。遊佐にはなんでも話せちゃうからって、今日のこれはないわ。うん」

「……」

「酔っ払いはたちが悪いよね。本当、ごめん。ごめ……」

感情がグチャグチャだった。ただ、無性に寂しくなってしまう。

このまま、誰とも愛し合うことができずに一生一人でいるのかな。そんなふうに考えたら、悲しくなってきてしまった。

いや、切ないという気持ちが正しいのだろうか。

自棄《やけ》な気持ちになり、この世界のどこかにいるであろう黒髪の彼に悪態をつきたくなる。

さっさと、彼のことなんて忘れたい。

思い出を美化して一歩が踏み出せずにいると思う一方、それは言い訳なのだろうとも思う。

私は、臆病で怖がっているだけだ。

あの初恋で見えたものと言えば、外見しか見ない男性が結構たくさんいるということだ。

私は黒髪の彼を好きになったことをきっかけに、ダイエットに励んだ。

少しでもかわいくなりたくて、必死に痩せようと努力した。

結果としては、ダイエットは成功して見た目もかなり変わったはずだ。

だが、それが正解だったのか。今でもよくわからない。

ぽっちゃりだった私に心ないことを遠慮なく言っていた男子たちの陰口は、急に鳴りを潜めた。

それどころか、私のことをチヤホヤし始めたのである。

戸惑う私を前にして『痩せる前のお前は女としてあり得なかったからな。この体型を維持しろよ?』そんな酷いことを言う男子もいた。

相手は何気なく言った言葉だったのかもしれない。でも、私にとっては大人になった今も思い出してしまうほど辛い言葉だった。

容姿が変わっただけで、周りの人間は私を見る目が変わってしまうのか。私の中身はどうだっていいのだろうか。

その考えに至ったとき、愕然《がくぜん》としたことを鮮明に覚えている。

学生の頃も特に顕著だったが、年を重ねるにつれて外見にこだわるのは、男性が多いと感じた。

それがわかってからだ。男性が信用できなくなってしまったのは。

高校卒業後は、私がぽっちゃり容姿だったことを知る人は周りにいない状況になった。

しかし、どうしてもあのときの手のひらを返したような態度を思い出して怖くなってしまうのだ。

理想の桃瀬結愛像を勝手に作り上げられ、少しでも私が彼らのイメージに外れたことをしたら……？

恋人になった男性は、私がイメージ通りの女性ではなかったと思った時点で距離を置くかもしれない。

そんなふうに考えてしまうようになってしまった。

その考えが根底にあるため、今まで男性と距離を置いてきた。

黒髪の彼なら、そんな考えをしない。心優しい彼なら、私の中身を見てくれる。

そんな漠然とした理想を抱いているから、私は初恋から抜け出せないのだろう。

黒髪の彼以外の男性は、信用ならない。何年もそんなふうに思い込んでしまっていたからこそ、私は他の男性に目が向けられないのだと思う。

でも、遊佐は──。

私にとって特別で、唯一の例外。それだけ、彼に信頼を寄せている。

彼に泣き顔を見られたくないと思っているのに、ポロポロと涙が零れ落ちていく。

地面に落ちた涙は、雨と交じり合ってその痕跡はすべて消えていた。

雨に消えていくのを見て、涙に音がなくてよかったと思う。

もし、雨音のように音がするのなら、私が今泣いていると彼が気づいてしまったはず。

慌てて手の甲で涙を拭ったあと、スマホを取り出す。そして、写真フォルダを開いて、とある写真を見せた。

「これ見て、どう思う？」

黒髪の彼に初恋をする前、ぽっちゃり体型だった頃の私だ。

真新しい制服に身を包んだ私は、満面の笑みを浮かべている。

高校を卒業してから出会った人には、見せたことがない写真だ。

遊佐は、これを見てどんな反応をしてくるだろう。

彼に限ってないとは思うが、ぽっちゃりだった過去を笑ったりしないだろうか。

不安を抱いて息を殺しながら、スマホを覗《のぞ》き込んでいる彼を見た。

（え……？）

ドクンドクン――。胸が苦しいほど高鳴ってしまう。

（どうして……？　どうして、そんなに優しい顔で昔の私を見ているの？）

彼がどんな反応をするのか、予想はできなかった。

「変わったな、モモ」と言うぐらいかなと思っていたが、まさかこんなに柔らかい表情で昔の私を見ているなんて。

彼の反応に言葉をなくしていると、その柔らかい表情のまま笑いかけてきた。

「モモは変わらない。この笑顔なんて、今のまんまだな」

「え……？」

優しい声色で言う彼は、目尻を下げて写真をほほ笑ましいという表情で見つめている。

「高校の頃のモモも、今と同じで元気いっぱいだったんじゃないか？」

「えっと……」

「で、お人好しで友達に宿題とか見せてあげてただろう。クラス委員とかやっていたクチか？」

「う、うん……」

慌てて頷くと、遊佐はフフッと楽しげに笑ってきた。

「全然変わってねぇな、モモは」

「え？」

「今も誰かに頼られて、それに応えようと頑張っている。桃瀬結愛は、いつも一生懸命だ。何事にも」

そう言った彼の表情があまりに綺麗で、息を呑んでしまう。

彼は慈《いつく》しむように、スマホの画面にゆっくりと指を滑らせた。

私の頭を優しく撫でるような指遣いを見て、込み上げてくる嬉しさや照れくささなどの感情を抑え切れない。

彼は、屈託なく笑う。

「俺がモモと同じ学校に通っていてさ。クラスメイトだったら、どうだったんだろうな？」

「え？」

遊佐に見惚れていた私は、我に返って返事をする。

すると、零れるほどの笑みを見せてきた。

「クラスの決め事とかで、あれこれ意見言い合っては白熱していたかもな」

楽しげに笑う遊佐は、いつもの彼だ。想像していた展開ではなく、拍子抜けしてしまう。

私は、恐る恐る気になることを聞いてみる。

「すごくぽっちゃりしているでしょ？　今とは随分変わっていると思うけど。この頃の知り合いが今の私を見ても誰も気がつかないと思う」

気持ちが落ち込んでしまい、声が沈んでしまう。

そんな私に、彼はなんでもないという素振りで言った。

「見た目は変わったかもしれないけど。お前のここは何も変わってないんじゃないのか？」

そう言って彼は、自分の胸をトントンと指で叩く。

そして、スマホを私に返してきた。

「目を見ればわかる。それに、モモの礎《いしずえ》だぞ？　この頃のモモがいたから、こうして今のモモがいる。そうじゃないのか？」

「遊佐」

「何をコンプレックスに思っているのか知らないけど。今も昔も、モモはモモだ。そうだろう？」

遊佐は狡い。クールな顔をして、私が一番欲しかった言葉をくれる。

スマホを受け取り、バッグにしまいながら再び涙目になってしまう。

そんな私に、彼は雨空を見上げて呟いた。

「なぁ、モモ」

「ん？」

「断言してやる」

「え？」

雨を眺めていた彼が、真剣な顔をして見つめてきた。

ドキッとするほどセクシーな眼差しに、心臓が忙しなくなってしまう。

息苦しいほど鼓動が速まってしまい苦しい。

辺りは薄暗く、視界が悪い。

私が頬を真っ赤にさせていることには気がついていないようで、彼はより私の心臓を切なくさせてくる。

「真新しい制服を着た、高校生モモを好きだった男は必ずいた。断言してやるよ」

そう言い切る彼の顔は、清々しく真剣だ。

どこにもからかいの色は見えず、ただ真実を言っている。そんな自信さえも感じられた。

情熱的な目で見つめられ、私はどうしたらいいのかわからなくなってしまう。

咄嗟《とっさ》に出た言葉は、恥ずかしさで小声になってしまった。

「いいよ、慰めてくれなくても……」

慌てて視線を落とした。

遊佐なりの優しさだってわかっている。だけど、あんなに真剣な目で言われたら本気にしてしまいそう。

そんなこと、あり得るわけないのに。

ぽっちゃりだった私に恋してくれていた男子が本当にいたんじゃないかと勘違いしそうになる。

首を横に振ると、彼は私の頭にその大きな手を乗せてクシャッと髪を乱してきた。

「嘘はつかない」

「遊佐」

「このかわいい笑顔にやられていた男は、絶対にいたぞ？　賭けてもいい」

「っ！」

ドキドキして息ができない。遊佐に慰められている。それは、わかっていた。

慰めだとわかっているのに……私は――彼にだけしか感じない、心の奥底に眠っていた甘く蕩《とろ》けてしまいそうな気持ちに背中を押された。

初めては、彼がいい。そんな想いが込み上げてくるのはなぜだろう。

彼のことを考えるだけで胸のときめきが止まらなくなり、鼓動が速くなる。

そんな現象を、なんと呼ぶのか。

ただ、彼が欲しい。彼に触れてほしい。そんな感情が、私を大胆にしていく。

「モモ？」

遊佐に手を伸ばし、背の高い彼を見上げる。

戸惑う彼の腕をキュッと掴み、緊張して震える唇で言葉を紡いでいた。

「遊佐……お願いがある」

「モモ？」

「トラウマから抜け出す手伝いをしてほしい」

「手伝い？」

「私を大人にしてほしい。心も身体も、全部」

「……っ」

息を呑む彼に、私はしっかりとした口調で言っていた。

やめておけ、と心の中の自分が騒いで止めようとする。だが、それを振り切って懇願している自分がいた。

「私と……一晩一緒に過ごしてくれない？」

「モモ」

「私、遊佐になら全部曝《さら》け出すことができると思うの」

「……っ」

言ってしまった。どうしようと戸惑いつつも、私の心は彼に縋ってしまっていた。

黙りこくっている彼に、必死に懇願したくなる。

少しだけ背伸びをし、彼に身体を近づけて見上げた。

「迷惑だってわかっている。だけど、遊佐にしか頼めない」

「……」

「一歩を踏み出す勇気が欲しいの。ボランティアだと思って……お願い！」

無茶苦茶だなぁ、と頭の片隅にいる冷静な自分が言う。

だけど、こんなお願いは彼にしかできない。

お酒のせいで気が大きくなっているのだろう。だが、今のこの勢いでなければ、こんなことは言えない。

明日になり酔いが醒《さ》めれば、きっと今までのままコンプレックスを抱えたウジウジした自分に戻ってしまうはず。

縋るように彼を見つめていたが、何も言ってくれない。

誰だってこんなお願いを言われたら困ってしまうだろう。良識があれば、尚更だ。

（そりゃ、そうだ。ボランティアだとしても、遊佐だって相手を選ぶはずだし）

遊佐が選んでくれなかった。そのことに、なぜか言いようのない切なさが込み上げてくる。

これ以上、彼を困らせてはいけない。

酔っ払いの戯《ざ》れ言《ごと》で処理してしまおう。笑ってごまかせば、彼もなかったことにしてくれるはず。

申し訳なさに土下座したい気持ちのまま口を開きかけたが、急にスーツのジャケットが私の頭に被せられた。

「え?」

フワリと遊佐の香りがする。

ドクン――。私の思考が動きだす前に、心臓が忙しなく動き始めた。

驚いて彼を見上げると、熱っぽい目で見つめられていた。忙しなく胸が騒いでしまう。

「いいぞ? 初恋が枷《かせ》になっているモモの気持ちは痛いほどわかるし」

「え?」

どういう意味だろう。小首を傾げると、困ったように眉を下げた。

「俺も一緒だったからな」

「遊佐も？　初恋拗らせていたの？」

「まぁな。だから、モモの気持ちはわかる。それに、俺もそろそろ一歩を踏み出したいと思っていた。モモと一緒だな」

「遊佐……」

「いい人でいるのも飽きた。もう……なりふり構っていられないってことだ」

「え？」

どういう意味なのかわからず聞き返したのだが、その返事はくれない。

だが、彼がなかなか彼女を作らなかった理由はなんとなくわかった。

それは、私と同じで初恋を拗らせていたからだ。

とはいえ、どうしてなりふり構っていられないという言葉に繋がっていくのだろう。

何か引っかかりを覚えたのだが、次の彼の言葉を聞いて我に返る。

「俺として、後悔しないか？」

「え？」

最初はなんのことを言っているのか、わからなかった。だが、すぐに気がつく。

私が抱いてほしいとお願いした答えだ。

まさか話に乗ってくれるなんて思わなかった。

冗談を言っているのか、と彼の目を見たが、真摯《しんし》な色以外何もない。

それならば、と躊躇なく頷く。

少しだけ話を持ちかけたことに後悔していたが、彼の言葉を聞いて覚悟ができた。

今の私は、お酒の力を借りているのだと思う。だけど、酔いの勢いがなければこんな大胆なことはできなかったはず。

今はお酒のせいにして、いつもならあり得ないことをしてしまいたい。

敢えて、彼の優しさに飛び込んでしまいたくなる。

そう、優しさ。これは彼なりの優しさだ。だからこそ、無理をさせるわけにはいかない。

彼の目を見て、もう一度だけ問うてみる。

「私は後悔しない。だけど、遊佐はいいの？」

「もちろんだ」

はっきりと頷く彼を無言で見つめたままでいると、「ジャケット、しっかり被っていろよ」と言って私の肩を抱いてきた。

「後戻りはもう、させないから」

「遊佐？」

「俺はもう、遠慮しない」

「え？」

「チャンスは絶対に見過ごさない主義だ」

私を慰めるために抱く。それは、彼の優しさのはず。

だが、彼が発する言葉に、勘違いをしてしまいそうになる。

どういうことかと聞こうとしたのだが、彼は強引に私を引きつれて一歩を踏み出す。

「走るぞ」

「え？　え？」

慌てる私を抱き寄せ、彼は雨の街へと走り出す。

それに連れられて私もまた、促されるままに飛び出した。


遊佐と一緒に飛び込んだのは、駅前にあるシティホテル。

居酒屋から走って五分ほどの場所にあるホテルだったが、二人ともびしょ濡れになってしまった。

私は遊佐のジャケットを被っていたので髪はあまり濡れずに済んだが、それでも服は濡れてしまった。

もちろん、彼の方はもっと悲惨だ。

雨水を含んだワイシャツの裾からは、今にも水が滴《したた》ってきそうである。

すぐにシャワーを浴びた方がいい。

彼に声をかけようとしたのだが、部屋に入った瞬間、私は壁に押しつけられていた。

「遊佐？」

突然のことで頭が回らない。ただ、唖然として唇を薄く開くしかできなかった。

背の高い遊佐は、腰を少しだけ屈《かが》めて私の顔を見つめてくる。

彼は私を閉じ込めるように両腕を壁につき、身体を寄せてきた。

顔を覗き込んできた彼の顔は真剣さを帯びていて、私の胸はドキドキしすぎて苦しさが増していく。

彼の声は、元々低く男性らしいセクシーな声だ。

しかし、今はそこに甘さと切なさも付け加えられているような気がする。

それだけでも正常ではいられないほどなのに、彼は官能的な掠れた声で囁いてきた。

「……モモ。後悔しないな？」

「うん」

走ったせいで酔いが回っているのかもしれない。いや、多分今の遊佐に酔っている。

熱で浮かされたように彼を見つめた。

この胸の高鳴りは、未知な経験への恐れか、それとも——。

彼の目を見つめながら、私は心の中で首を横に振る。

きっと今の私にはそんなことはどうでもいいのだ。ただ、目の前の彼に触れたい。

それだけだった。

酔った勢いだと、後悔するかもしれない。

だけど、彼の手を取ることは正しいのだとなぜか胸を張って言える自信があった。

念押しのように、もう一度言う。

「後悔しない……」

「モモ」

「後悔なんてしない。私は、遊佐に抱いてもらいたい。抱いてほしいの!」

本心だった。そう言い切る自信はあったが、その自信は自分の中のどこから沸き上がってきたのか。それが不明だ。

でも、これが正しい選択だと思える〝何か〟を感じる。

息苦しいほど鼓動を高まらせながら懇願した。

彼が息を呑んだのがわかる。熱を帯びた目が、より野性的になったからだ。

彼と入社式で出会ってから、早五年。

誰もが認めるほど格好いい遊佐だが、こんな表情は初めて見た。

二人の間には言いようもないほどの緊張と、そしてどこか甘やかな空気も感じる。

雨に打たれて濡れたためか、彼の前髪からポツリポツリと滴が落ちていく。

水も滴るいい男。まさにそれを地でいっている彼に、視線は釘付けになる。

ドキドキしすぎてジッとしていられない。

身じろぎをしたとき、自分もかなり雨に濡れてしまったことを自覚した。

濡れたシフォンブラウスが肌にへばりついていて気持ち悪い。早く脱ぎたい。

ふと遊佐を見て、彼もまたワイシャツがびしょ濡れで肌の色が透けて見えていることに気がついた。

彼が風邪をひいてしまう。そんな心配をしたが、私の心配を掻き消すように彼は真摯な目をして強い口調で言い切る。

「後悔しているとしても……。もう戻れないから」

「っ……！」

雨で冷え切った身体に熱が灯《とも》る。

まずは、唇に熱すぎるほどの熱が加えられた。

次に、私の両肩に触れた彼の手がより熱を与えてくる。

トロリと身体の芯から蕩ける感覚。立っているのが辛いほどの甘やかな口づけに、私の思考は完全に彼の熱によって奪われてしまった。

そのあとは、何も考えられなくなる。二人は、無我夢中でお互いの唇を求め続けた。

何度も口づけを交わしながら、縺《もつ》れるようにダブルベッドへと歩みを進める。

遊佐は私をベッドに押し倒し、色気が際立つような欲に濡れた目で見下ろしてきた。

「モモ……」

切なく腰にくるようなセクシーな声。

それを聞いて、狂おしいほどの快感が身体を駆け巡る。

「モモ、俺は……お前が——」

遊佐が何か言ったが、私の耳には激しく鳴っている自分の鼓動しか聞こえない。

その瞳に吸い込まれそうな感覚を覚え、私は熱に浮かされたように彼を求め続けた。

3

「……ん」

寝返りを打つ。ベッドのスプリングが柔らかいのか。心地よい揺れに瞼が再び落ちていきそうだ。

このまま、もう少し寝ちゃおうか。そんな考えが脳裏を過ったが、何かがいつもと違うことにようやく気がつき始める。

そもそも、うちのベッドがこんなに寝心地が好かっただろうか。

頭が覚醒していくたびに、いくつもの疑問が浮かび上がってくる。

まずは、今寝ているベッドと寝具。それらは、私がマンションで使っている物とは確実に違う。

何より、肌にシーツがダイレクトに触れている。そのことに、違和感を覚えた。

寝るときは、必ずパジャマを着て寝る。それは、子供の頃から変わらない習慣だ。

それなのに、なぜ——？

（……ん？　え？　え？）

ハッと我に返り、私は慌てて布団の中を覗き込む。

そして、唖然としながらも布団を元に戻したが、気が遠のきそうになった。

軽く現実逃避をしたが、現状をもう一度把握するために再び布団の中を覗き込んだ。

「どうして、私……裸なの？」

小さく呟いたあと、より現実を認識してしまい顔が熱くなった。

見間違いだったらよかったのに、と血の気が引いていく。

どういうことだとパニックを起こしそうになっていると、視線を感じる。

恐る恐る背中越しに感じる視線の主を見るために、ゆっくりと寝返りを打った。

現実から逃げ出したくて目を瞑《つむ》っていたが、それでもそろそろ受け入れなければならない。

夢だったという可能性にかけながら、ゆっくりと目を見開く。

そこには爽やかにほほ笑む極上の男がいて、一気に現実へと引き戻された。

私は、慌てて背を向ける。

ギシッとベッドのスプリングの音が響き、この状況を改めて認識した。

（そうだった！　私、昨夜、遊佐と……！）

すぐさま布団を頭まで被り、今の状況を正確に把握して青ざめた。

夢オチだったなんてことは……。そんな一縷《いちる》の望みを持ちながらゆっくり身体の体勢を変える。

しかし、現実がそこにはあった。

上半身裸の遊佐がいて、ドキッとするほど柔らかく魅力的な笑みを浮かべている。

（ああ……、やっぱり夢ではなかったのか）

改めて、この状況を呑み込んだ私は遠い目になる。

昨夜、このホテルの一室で私に覆い被さる彼を見たとき、身体と心が甘く震えた。

蠱惑《こわく》的で、尚且つセクシー。男の色気を纏い、私を情熱的に見つめてきたとき。

こんな遊佐の表情は見たことがないと思ったが、今の彼も見たことがないほど穏やかな顔をしている。

ドキッと一際胸が高鳴ってしまい、どうしたって恥ずかしくなってくる。

居たたまれなくなって、再び背を向けたくなった。

しかし、それを阻止するように、彼は私の頬に触れてくる。

「おはよう、モモ」

「……おはよう、遊佐」

ようやく返事をした私を見てホッとした表情を浮かべた彼は、眉を下げて顔を覗き込んでくる。

ゆっくりと私の頬を撫でながら、心配そうに聞いてきた。

「身体は大丈夫か？」

「えっと……どうだろう？」

この状況にパニックになっていたため、身体のことにまで気が回っていなかった。

自分の身体に異変はないかと確かめると、やはり身体が重い。それに、足の付け根なども痛む。

正直に伝えると遊佐は私の頭を抱き寄せたあと、労るように両頬を包み込んでくる。

その仕草が甘ったるくて、恋人同士のような空気を感じて胸がキュンとした。

視線を泳がせていると、彼は甘い雰囲気を纏ったままで顔を覗き込んでくる。

「初めてだから、どうしたって多少の痛みが生じるのは仕方がないとは思うが……。もし、何かあったら必ず俺に言うこと」

「遊佐？」

「きちんと責任は取るつもりで、昨夜は抱いた。避妊はしたが、万が一のことがないとは言い切れない。だから、心配せずに何かあったら必ず言うんだ。約束しろ」

「……」

「いいか？　きちんと理解しているか？」

遊佐は、私が寝ぼけていると思ったのだろう。

子供をあやすように、諭《さと》すように言ってくる。

だが、彼の言葉に動揺してしまって返事ができない。

昨夜の私は酔っ払いだったので、ところどころ記憶が曖昧で覚えていないことがある。

でも、私が抱いてほしいとお願いしたはず。その記憶はかすかにある。

だから、彼が責任を感じる必要はないはずだ。

遊佐も初恋を拗らせていた様子で、新たな一歩を踏み出したいと言っていたのでお互いの利害は一致していた。

だからこそ、いつもの私なら絶対にやらないであろう冒険をしたのだ。

そういう理由があるので、彼に責任を感じてもらいたくない。

私が泣きついたのが根源だ。彼は、巻き込まれただけ。

私は、ゆるゆると首を左右に振る。

「大丈夫。昨夜のことは合意の上だし。そもそも、私が頼み込んでしてもらっただけで」

「それは違う」

「え？」

間髪を容《い》れずに否定してくる彼に驚き、目を瞬かせる。

私としては、なかったことにしてもらいたい。その一心で言ったことを、キッパリと否定してきた。

彼のその眼差しには一点の曇りもなく真剣で、あまりのまっすぐさにこちらがたじろいでしまう。

口ごもっていると、なぜか今度は打って変わり晴れやかな笑みを浮かべてきた。

呆気に取られていると、彼は口角をクイッと上げる。

恐れをなしていると、ふいに顎を掴まれた。

え、と驚く暇もなく、唇を奪われてしまう。

昨夜の情事を思い出させるような濃厚なキス。

フラッシュバックのように次から次に昨夜の痴態を思い出してしまった私は、彼が離れていったあとは叫びだしたくなるほど身悶えてしまう。

身体が熱い。記憶を消そうとしても昨夜の甘い快楽が身体には残っている。

忘れることができない楔《くさび》を打たれたようで、忘れたくても忘れられない。

呆然としていると、彼は情欲的な声で私を呼ぶ。

「モモ」

「え？」

このあり得ない状況にテンパっているのか。

はたまた、昨夜のお酒が抜け切れていないのか。

混乱しすぎて頭が真っ白になってしまった私を見て、彼は目を緩やかに細めた。

「俺、お前が好きなんだわ」

慈しむように私を見つめる遊佐は、文句なく格好いい。

一瞬、何も考えられなくて呆気に取られてしまった。

目を泳がせ、もう一度彼の言葉を脳裏で繰り返してみる。

だが、やっぱり意味不明だ。

そんな私の口から飛び出してきたのは、マヌケな声だった。

「………は？」

「なんだよ、その微妙な間と呆れ顔は」

肩を震わせてクックッと笑う彼は、私の知るプライベート仕様の顔だ。

一旦ビジネスから離れると途端に口調は荒くなり、堅物ではなくなる。

ビジネス時とプライベートでは雰囲気が真逆になる男で、よく器用に使い分けることができるなぁと入社時から感心していたのだが……。

目を見開いてこの状況に戸惑っていると、彼は私から離れベッドから降りる。

無駄のないキレイな背中を見ていると、彼は振り返ってあざとい視線を送ってきた。

「お前が好きだ。だから、美味しくいただいた」

「美味しくいただいた……って」

「ごちそうさん、美味かった」

「っ！」

クスッと声を出して唇に笑みを浮かべる様は、どう見ても悪い大人の男といった雰囲気である。

私があまりに緊張しているからか。それを紛らわすための軽口でそんなことを言ったのか。

私の頬に手を伸ばしてきた彼の手は優しさに満ちている。

そして、私を射貫《いぬ》くように見つめてくる彼の目は熱く、心臓が破裂しそうだ。

私は口をパクパクさせることしかできず、動揺して何も言えなかった。

恋愛経験がなくとも、彼が何を言いたいのかはさすがにわかるつもりだ。

だが、言葉の続きを聞く勇気はない。恥ずかしすぎて、早くこの場から逃げ出したくなる。

慌てて耳を押さえて彼の言葉を遮ろうとしたが、一瞬遅かった。

「好きだから、チャンスは逃さない。逃すはずがない」

「ゆ……ゆ、さ……？」

「ずっと狙っていたんだ。ようやく隙を見せたモモに、つけ込むのは当然だろう？」

「な、な……っ！」

「モモから飛び込んできてくれて嬉しかった」

あまりに真剣な顔で言い切るものだから、それに対してどう返答すればいいのかわからない。

冷静さを欠いていると、念押しをしてくる。

「言っておくが、無理矢理はしていないからな。俺は、きちんと確認をしたし」

「……」

「覚えていないのか？」

「……ううん、ちゃんと覚えているわ」

酒に酔った勢いでとんでもないことを口走ったことも、大人にしてほしいと懇願したことも覚えている。

首を横に振ると、彼は満足げに頷く。

だが、私としては落ち着いてなどいられない。とにかく、頭がパニックを起こしていて何をしたらいいのか、何を言ったらいいのか。

正解はなんで、どう行動したらいいのか。答えがわからなくて混乱してしまう。

彼とは五年の付き合いだ。それなのに、昨夜から初めての彼を見続けている気がする。

そして今、また一つ。私の知らない彼の顔を見つけた。

昨夜から、私の心臓は忙しない。どうかしたら、壊れてしまうのではないかと心配になるレベルだ。

男らしさを滲《にじ》ませた笑みは、もはや誰も抗うことができない。それほどの威力を持った笑みだ。

遊佐が部屋の入り口へと行ったあと、昨夜私が着ていた洋服を手に戻ってきた。

昨夜はびしょびしょに濡れてしまっていたが、すっかり乾いていてクリーニング済みだった。

ビニールが掛かっていて、ブラウスはしっかりプレスされていてキレイになっている。

もちろん、ワイドパンツ、下着も同様だ。

「あのあと、クリーニングに出しておいた」

「あ……」

あのあと、というのは、もちろん〝あのあと〟のこと。

同期、そしてビジネス上のライバルとしての関係が、一夜にして変わったあの行為のことだ。

カッと頬に熱がこもるのを感じて固まっていると、彼は小さく笑った。

「複雑な顔しているな。……困惑している？」

「困惑っていうか、なんていうか……あの、えっと」

動揺を隠せないでいると、彼は肩を震わせてクツクツと声を出して笑う。

「じゃあ、少し落ち着くまでそこにいろ。先に俺がシャワー浴びてくるから」

それだけ言うと、遊佐はバスルームへと悠々とした足取りで向かった。

呆気に取られていると、シャワーの音が聞こえ始める。

そこでようやく我に返った。

今の私に必要なのは、冷静になる時間だ。

こんなに心を乱される男の近くにいたら、纏まる考えも纏まらないだろう。

遊佐は、私のことが好きだと言った。その告白について、テンパったままでは答えられない。

もう、何がなんだか自分でもよくわかっていないのだ。

昨夜、酒を呑んだ勢いでとんでもないことを彼にお願いした。

そのことについても、どうして自分がそんな大胆なまねができたのか理解できないほど。

頭がグチャグチャで、何か問われても答える余裕はない。

慌ててベッドから飛び起き、服を勢いよく身につけていく。

身体を動かすたびに、昨夜の名残を身体に感じて顔が熱くなってしまう。

遊佐の仕草や表情、声、息づかい。それらをすべて鮮明に思い出してしまった。

先程まで眠っていたベッドを見て、思わず叫び出しそうになる。

(うわぁぁぁぁぁ――――!)

色々と脳裏に浮かんでしまい、慌てて頭を振って払拭した。

この場に、これ以上いてはいけない。精神衛生上、絶対によろしくないだろう。

それこそ、落ちてはいけない沼にずっぽりと嵌《はま》ってしまう。そんな気がしてならない。

バスルームの扉に手を合わせて、心の中で謝る。

とてもじゃないが、あんなに色気ダダ漏れの遊佐の顔を見ていられない。

余裕など皆無だ。ゼロだ。

彼がシャワーから出てきたら、私にどんな表情を向けてくるのか。想像するだけで、なぜだか身体が熱くなってしまう。

そもそも、どう対処したらいいのかわからない。これ以上、居るのは絶対に無理だ。

(ごめん。とにかく、ごめん!)

傍にあったバッグを引っ掴んで財布を取り出し、ホテル代をテーブルの上に置く。

遊佐と飲みに行くときは、必ず折半がお約束。

今回もホテル代の半分を置いて、私は慌てて部屋を飛び出した。

＊＊＊

ホテルから自分のマンションまで、どんなふうに帰ってきたのか思い出せない。

ただ布団に包《くる》まって、金曜の夜にあった出来事の記憶抹消を心から願った。

そんな調子で休日を過ごしたのだが、動揺し続けていただけで忘れることなどできなかったのだ。

遊佐から何度も連絡があったが、すべて無視をしてしまった。

今、彼と何を話せばいいというのか。頭も心も混乱を極めているのに、冷静に話すことができるとは到底思えない。

何度も鳴るスマホに、私は手を合わせて謝罪をし続け、困惑した状況のまま月曜日の朝を迎えてしまった。

罪悪感に押しつぶされそうになりながらも、早急に謝りを入れるべきだと判断する。

このままの状況では、心にも身体にもよろしくない。

遊佐が、いつも始業時間よりかなり前に出社していることは知っている。

彼を捕まえるには、始業前が一番だろう。

その頃なら、他の社員はあまりいない。こっそりとディスカッションルームにでも連れ込んでしまえば、誰にもバレずに謝罪ができるはずだ。

いつもより早めに出社した私は、メッセージアプリを起ち上げてディスカッションルームへと来てほしいと彼に伝える。

すぐにそのメッセージは既読になり、『了解』といういつも通りの簡潔な返事が来た。

とりあえずは無視されることは免《まぬが》れた。

何も言わずホテルを飛び出してしまった私を怒っていて、メッセージを無視される可能性も大いにあった。

彼が返事をしてくれたことに、ほっと胸を撫で下ろす。

私は足早にディスカッションルームへと行き、身体をカチカチに硬直させて彼の到着を待つ。

「おはよう、モモ」

いつも通りの遊佐が、そこにはいた。

特に私を怒っている様子もなく、あんなことがあったなんて幻だったのではないかと思うほど普通だ。

いつも通りの彼がいてホッとしたが、金曜日のこと、その後の連絡に一切反応しなかったことは謝らなければならない。

あの夜の出来事は、夢でも幻でもないのだ。

現実に起きてしまったことを反省し、大人の対応を示すべきだろう。

彼の目の前に立ち、深々と頭を下げた。

「遊佐、本当にごめん」

「は？」

私の謝罪に、不機嫌な声が響く。

慌てて頭を上げると、遊佐は眉間に皺を寄せて私をジッと見つめていた。

そんな彼を見て、とにかく謝るしかないと何度も頭を下げる。

「金曜日の私は、絶対におかしかった！　そんな私を憐《あわ》れんで、遊佐は助けてくれたんだよね？　うん、わかっている。わかっているよ！　だからこそ、本当に申し訳なくて」

「おい、モモ」

怪訝《けげん》な表情を浮かべて私を止めようとしてくるが、とにかく考えていることを全部話して謝罪したかった。

彼の言葉を無視し、謝罪を続ける。

「ただね、本当……。私、遊佐に頼ってばっかりで申し訳なくって」

「だからな、モモ」

「いいから、聞いて！　あのね、遊佐。私、本当に感謝していて。なんていうかな、金曜日の夜のおかげで……一歩踏み出せる気がするの」

これは本当だ。あの夜のことを思い出すたびに心臓があり得ないほどバクバクと大きな音を立てるし、挙動不審にはなるし、何より羞恥で居たたまれなくなる。

だけど、踏ん切りがついた気がするのだ。

容姿でコロリと態度を変える男性が多いのだと、初恋のときに知った。

恋をしたいと思えば、初恋に思い至る。

そして、初恋を思い出せば、トラウマに辿り着く。

初恋＝トラウマが完全に紐付けられているのだと思う。

男性から告白されても「どうせ見た目だけで、私が再びぽっちゃりになったら見向きもしないくせに」という疑心暗鬼な気持ちでいたのは事実。

だけど、そんな人ばかりじゃない。そのことに、改めて気がついたのである。

それは、金曜日に言われた遊佐の言葉がきっかけだ。

私は私。どんな姿であろうと、私に変わりはない。そう断言してくれたからだ。

どれほど嬉しかったか。きっと彼には伝わっていないだろう。

この人となら……。そう思って縋ってしまった訳だが、彼には申し訳ないことをした。

だからこそ綺麗さっぱり忘れてもらいたくて、今日謝罪をしようと心に誓ったのだ。

「本当にありがとう。そして、色々とごめんなさい」

再び深々と頭を下げると、頭上から盛大なため息が聞こえた。

恐る恐る彼を見ると、呆れ返った様子で私を見つめている。

腕組みをして壁に背を預けて、私を見下ろしてきた。

その目はなんだか挑発的にも見えて、ドキッとしてしまう。

部屋の空気が一変した気がした。いや、彼の纏っている雰囲気がガラリと変わったと言った方が正しいだろうか。

壁に寄りかかっていた身体を起こし、ゆっくりと私に近づいてきた。

危機感を覚えて慌てて距離を取ろうとしたが、彼が醸《かも》し出してくる迫力に当てられて身動きがとれない。

「モモ」

「――っ」

彼の名前を紡ごうとする私の唇は、金曜の夜から色々な表情を見せつけてくる男によって塞がれていた。

一度は離れようとしたが、それを拒むように彼の両手が私の腰に回されて身動きができない。

それどころか力強く引き寄せられてしまい、身体と身体が密着してしまう。

何度も何度も唇が重ねられるたびに、次第に抵抗する力は失われていった。

ここが会社だとか、人に見つかるかもしれない可能性だとか。そんなことも、すべて脳裏から消え去った。

ただ、彼からのキスに身体も思考も蕩けさせられていく。

金曜の夜は、様々なハジメテを経験した。

もちろん、こんな大人なキスも初めてだったのに。それなのに、もう身体は順応しているようだ。

「っ……んん」

驚きとともに零れ落ちた吐息が、最後には甘く強請《ねだ》るような声へと変化していく。

あの夜、遊佐によってキスに慣れさせられてしまったのか。

抵抗なく受け入れる自分の心と身体に驚いてしまう。

何も考えられず、ただ彼の唇の柔らかさに夢中になっていた。

ようやく正気に戻ったのは、彼の唇がゆっくりと離れたあとだ。

肩で息をしなければならないほどで、真っ赤な顔をしたままその場にストンと座り込んでしまった。

甘く燻《くすぶ》る身体を持て余し、呆然としたまま見上げる。

蛍光灯の明かりのせいで逆光となり、彼がどんな表情をしているのかわからない。

甘く淫らな空気が立ちこめ、シンとした静寂が落ちる。

そんな空気はそのままに、彼は私を見下ろして口を開く。

「モモ」

「え？」

力なく返事をすると、彼は強い口調で聞いてくる。

「俺は言わなかったか？　それとも、モモは覚えていない？」

遊佐はゆっくりとしゃがみ込み、私との距離をより近くさせようとしてくる。

顔が近づいてきて、再び心拍数が上がってしまう。

何も発することができない私の口は、何度か震えるように動くだけだ。

そんな私を茶化すことなく、彼は真剣な目で射貫くように見つめてくる。

「チャンスは絶対に見過ごさない主義だ、そう言った」

「チャンスって……」

「チャンスだろう？　ずっと初恋を拗らせて前に進もうとしなかったモモが、酒の勢いとはいえ踏ん切りを付けようとした。その場にいたのが俺でよかった。そう思っている」

「っ！」

息を呑む私の頬に触れてきた。愛おしむように優しく、丁寧な手つきで。

手のひらから伝わる熱を感じるたびに、思い出すのは金曜日の夜の出来事だ。

ホテルの一室で、ダブルベッドで。私たちは……。

トクントクンと次第に速くなる鼓動に意識を持っていかれていると、彼はジッと私を見つめてくる。

「忘れるなよ？　モモ。お前を抱いたのは俺だってこと」

「ゆ、ゆ……さ？」

「初恋の男じゃない。遊佐亮磨だってことを」

頬に触れていた長く綺麗な指が、私の唇に触れてきた。

――二人でしたキスを思い出せ。

そんな命令をされているような気持ちにさせられる。

彼の目を見つめていると、二度と解けない魔法を掛けられたような気になってしまう。

目を大きく見開いてこの状況に戸惑っていると、ようやく彼はいつもの表情を向けてきた。

「モモは謝る必要はない。どちらかと言えば、俺の方が謝るべきだろう？」

「え？」

どうしてそんなことを言い出したのか。

首を傾げると、彼は盛大にため息をついて頭を垂れる。

瞬きを繰り返して項垂れたままの彼を見つめていると、意を決したように勢いよく顔を上げた。

「一生で一度しかないハジメテ――」

「ちょっと待った！」

遊佐の口を慌てて手で押さえる。一体何を言い出すのか、この男は。

次に続く言葉は容易に想像ができた。それを阻止するために口を塞いだのである。

顔に熱が集まり、遊佐から離れたくなる。だが、離れたらこの男の口を誰が塞ぐのか。

この手を離せば、耳を押さえたくなるほど恥ずかしいことを言い出すに決まっている。

慌てていると、彼の目はニヤリと笑う。

猛獣のような目から視線をそらすことができない。

ドキッと胸が高鳴ってしまい、彼の口を押さえていた手から力が抜けてしまった。

それを見逃さず、遊佐は逆に私の手を捕まえてくる。

今度は、私が拘束される形になってしまった。

決して強い力じゃない。強制的に力で押さえ込まれている訳でもないのに、なぜか振りほどくことができなかった。

内容が内容だ。彼は、私が慌てふためくことを予想していたはず。

彼は、掴んでいた私の手を自分の口元へと導いてくる。そして、チュッと手の甲に唇を落としてきた。

そのままの状態で、情熱的な視線を向けてくる。

「俺に謝る必要はないと言うなら、モモだって謝る必要はない」

「だけど――」

手の甲に触れている、彼の唇が気になって仕方がない。

慌てて手を引っ込めると、彼は残念そうに眉を下げた。そして、やれやれといった雰囲気で笑う。

「モモがどうして俺に悪いと思うのか。さっぱりわからないが、そう思うのなら俺と付き合うって言えばいい」

「は……？」

目を丸くした私を見て、遊佐は片眉をピクリと上げる。

不機嫌な様子で、私に詰め寄ってきた。

「金曜日にも言ったはずだ。俺は、モモが好きだって」

「遊佐？」

「俺にとって、金曜日は最高の夜だったよ」

「な、何を言って」

まっすぐに気持ちをぶつけられて、心臓が早鐘を打つ。

顔を火照らせていると、彼は私を見下ろしてもう一度懇願してくる。

「ほら、俺と付き合うって言えよ、モモ」

そんなセクシーな声で暗示をかけるようなことを言わないでほしい。

私ににじり寄ってくる彼の胸に両手を伸ばし、これ以上近づいてくるのを阻止した。

「無理、無理、無理。絶対に無理！」

首を大きく横に振って拒否すると、突然周りの温度がグンと下がった気がした。

遊佐は笑みを浮かべてはいる。だが、目が全然笑っていない。

彼の目には、静かな怒りがチラリと見える。それと一緒に共存しているのは、直視できないほどの色気だ。

ドキドキしつつも竦み上がってしまったが、自分の気持ちを告げた。

「あのね、金曜日にも言ったけど。初恋を拗らせている訳ですよ、私は」

「ああ」

そこはしっかりと覚えていてくれたようだ。それなら、話が早いだろう。

ホッと胸を撫で下ろす。

「それに、遊佐だって初恋を拗らせているって言っていたじゃない。私と同じでしょ？」

「初恋を拗らせていた、の間違いだ。すでに、過去になっている」

「過去……なの？」

「そう、過去のことだ。あとなぁ、モモ。別に今は初恋が忘れられなくてもいいんじゃないか？」

「え？」

まさかそんなふうに言われるとは思っていなかった。

瞬きをして驚いていると、彼は真面目な表情で腕を組んだ。

私としては、初恋を忘れて一歩を踏み出さなくてはと思っている。だからこそ、忘れる努力をしようとした。

その第一歩が、金曜日の大失態に繋がるのだが……。

遊佐は、私のことが好きだと言っていた。それなのに、私が初恋に囚われたままでもいいのだろうか。

普通、好きになった相手には、自分のことだけを考えてほしい。そう思うものではないだろうか。

「私はまだ初恋を忘れ切っていない状況だよ？　これから徐々に忘れていきたいと思っているところなんだよ？　そんな中途半端な気持ちで遊佐と付き合うなんてことできないよ」

うんうんと自分の発言に納得していたのだが、一方の遊佐は「問題ない」と言い切る。

「だが、その初恋を終わらせたくて俺と寝た。そうじゃないのか？」

「……そうだけど」

「一歩を踏み出したい。モモはそう言っていたはずだ。それなら、もう後戻りしなくてもいい。初恋から遠ざかる準備ができたということだ。いい兆候《ちょうこう》だ。いずれ忘れられる」

「ま、まぁ……。そうなるのかなぁ」

そうなのかもしれない。

トラウマも初恋も綺麗さっぱり忘れるために、遊佐に抱いてほしいとお願いした。たとえ酒の力を借りて気が大きくなっていたとしても、それは事実である。

「モモは俺だけを見ていればいい。いずれ初恋は過去にしてやる」

ふてぶてしく言い放つ彼に、私は反論を止めない。

「でも、今はこんな調子だし……。付き合いだしたってうまくいくはずがないでしょ？」

「そうか？」

「そうよ！　い、い、一度……寝たからって。遊佐のこと男として好きなのか、どうかわからないんだし」

「ふーん」

意気込んで力説したのだが、彼は何か言いたげな雰囲気で目を細めた。

「な、何よ……」

意味深に笑った彼に警戒をしていると、私の横を通り過ぎてそのまま部屋を出ていこうとする。

何か言われるのかと思っていたのに、何も言わずに去ろうとする彼を見て肩透かしを食らった気分だ。

「ちょっと待って！　遊佐」

思わず彼を引き留めると、振り返って口角を上げてきた。

「忘れられるのか？　モモは」

「え？」

「あの夜のこと。モモは忘れられるのかって言っているんだよ」

「っ」

遊佐が、大人の色気を纏っていて直視できない。

慌てて目をそらすと、彼が小さく笑っている声が聞こえた。だが、それを咎《とが》める余裕が今の私にはない。

あの夜から、遊佐のことばかり考えてしまっている。

彼の言葉、表情、体温……。何もかもが、鮮明に思い出されてしまう。

それどころか時間がたつにつれて、記憶がより色濃くなっていた。

確かに、あんな濃厚な夜を忘れることができるのだろうか。

（忘れることなんて……きっとできない）

それほど、印象深い一夜だったことは間違いないだろう。

そういえば……と思い出す。

雨を見るたびに、初恋の彼を思い出していた。

それなのに、遊佐と一夜を過ごして以降、思い出さないのはなぜか。

金曜日から降り続いている雨は、月曜の今日も止んでいない。

チラリと遊佐に視線を向ける。彼の姿を視界に収めるたびに、胸の鼓動が速まっている気がした。

金曜日の夜を境に、彼がとても格好よく見えてしまう。

もちろん、元々格好よかったことは認める。だが、それ以上に男らしい色気が増して格好よく見えてしまうのだ。

口を噤むと、彼はフッと色気ダダ漏れな笑みを浮かべる。

「俺は忘れられない。ずっとお前を抱きたいって思っていたし」

「遊佐！」

「お前のこと、好きだって言っただろう？」

「っ」

「モモが忘れようとするのなら、俺は何度もあの夜を思い出させるから」

じゃあ、と手をヒラヒラと振りながら部屋から出ていってしまう。

パタンとドアが閉まる音がして、ようやく声が出るようになった。

「……何、考えているのよ？　遊佐のやつ」

小声でブツブツと呟きながらも、頬の熱は冷めない。

気を抜けば、あの夜を思い出してしまう。

そんな調子では、これから遊佐と顔を合わせにくくなってしまうし、問題は何一つ解決に向かっていない。

彼は何か血迷っているが、あの夜は一夜の過《あやま》ちで終わらせるのがお互いのためになるはずだ。

時間が経てば、彼だって私と同じ考えに行き着くはずだ。そうに違いない。

気持ちを切り替えて仕事に励もうとしたが、あの夜から一週間が経っても遊佐の姿を視界に入れるたびに濃密だった夜を思い出してしまう。

そのことに困っているくせに、彼が女性に口説かれているのを見ると面白くない。

そう思う時点で、彼を意識しまくっている証拠となってしまうのだろう。

遊佐に対し、今まではそんな感情を抱いたことなどなかった。

あの夜を境にして、何もかもが変わってしまったのかもしれない。

遊佐は、あの夜を忘れようとするのなら思い出させると言っていた。

だが、あれから彼があの夜を匂わせるようなことは一度もない。

それなのに、私の頭の中は彼のことでいっぱいだ。

「どうしてくれよう……」

私は、力なく呟いて机に突っ伏した。

「モモさん、本当にどうしちゃったんですか？」

隣の席に座る梶村が心配そうに、顔を覗き込んでくる。

「仕事中はいつも通りというか、張り詰めた雰囲気でバリバリこなしていますけど。仕事が終わると心ここにあらずって感じですよ？」

梶村の言う通りで、言い訳の一つも浮かんでこない。深いため息を零したくなる。

すべてをぶちまけて相談したいところだが、あの夜のことは口が裂けても絶対に言えない。

「なんでもないよ～、大丈夫」

ヒラヒラと手を振って大丈夫だとアピールするのだが、彼は信じてくれない。

ますます心配そうな顔つきになる。

「俺じゃ頼りないようでしたら、遊佐さんに相談したらどうですか?」

「ゆ、遊佐!?」

「え? どうしましたか? モモさん」

遊佐という言葉に過剰に反応をしてしまった。

それを見た梶村が目を剥いて驚いている。私は、慌てて首を横に振った。

「大丈夫よ~、遊佐に相談するまでもないし」

「……そうですか?」

「本当、大丈夫よ。心配してくれてありがとうね!」

怪訝な表情を浮かべる彼から逃げるように、帰り支度を済ませてオフィスを出た。

＊＊＊

七月。新入社員が各部に配属される季節がやってきた。

本社勤務予定の新入社員は地方にある支店や工場で研修を三ヶ月みっちりと行ったあと、配属先が決定することになっている。

まだシトシトと雨が降り続いているが、梅雨明け宣言ももうすぐだろう。

遊佐と問題の一夜を過ごしてから、二週間が経過。

仕事中はいつものクールな彼で、先日ディスカッションルームで起きたようなことは一度もなく平和に過ごしている。

だが、こちらとしては顔を合わせるたびにドキドキしてしょうがない。

挙動不審になっているのは、私だけ。そのことに、納得がいかなくなる。

クールな顔をしている彼を見ると、悪態をつきたくなってしまう。

そんな日が続けば続くほど、こちらだけが必要以上に警戒しているようにも思えてバカバカしくなってくる。

あの夜から、仕事以外では顔を合わせていない。

新商品の企画会議も大詰めを迎えている今、二人ともかなり忙しくしているというのも顔を合わせる機会が少ない理由の一つであろう。

この仕事が一区切りついたとき。遊佐とは、もう一度腹を割って話し合わなければとは思っているのだが……。

頭も心もごちゃごちゃしていて、自分でもどうしたらいいのかわからない。

そんな状況では、話し合いもできないだろう。

もう少し、時間が必要なのかもしれない。

時間が解決してくれるとは思えないが、それでも少し距離を置いた方がいいだろう。

窓の外、未だに降りしきっている雨を見て、一つため息をついた。

私とは裏腹で、いつもとは違って浮かれた様子のオフィスに「そういえば」と一つだけ空席になっているデスクに視線を向けた。

うちの会社では入社後、色々な部で修業という名の研修が行われることになっている。

個々の特性や資質、実績などを見て総合的に人事部が考慮し、配属先が決まることになっているのだ。

我が商品企画部にもニューフェイスが配属されることになっている。

そんな訳で、うちの部は先日からソワソワした雰囲気になっていた。その理由は――。

「社長令息、どんな子でしょうね」

梶村も、ワクワクしている様子だ。

それもそのはず。ここ数年、我が部に新入社員が配属されることがなく、ずっと梶村が下っ端だったのだ。

彼からしたら、初めての後輩だ。期待に胸を躍らせるのもしょうがないだろう。

ほほ笑ましく彼を見て「どうだろうねぇ、頑張ってくれるといいね」と口元を緩ませて答えると、突然背後に課長がやってきた。

「おはよう！　桃瀬」

「……おはよう、ございます。課長」

課長の声のトーンの高さ、そして貼り付けたような笑顔を見て警戒心を煽られる。

椅子のキャスターを転がして、課長との距離を取った。

怪訝に思いながら課長に挨拶すると、彼は肩を竦めて笑い出す。

「なんだよ、桃瀬。なぜに警戒しているんだ？」

「課長が朝からこんなにテンションが高いのは珍しいですから」

「そうか？」

すっとぼけた声で首を傾げているが、いつもの課長を知っているこちらとしては異変を感じ取ってしまう。

ジトッとした視線を課長に送っていると、彼はようやく白状する気になったようだ。

「うちのエースに、新人指導をお願いしたいと思っているんだけど」

猫なで声で手もみをしながらゴマをする課長を見て、眉間に皺が寄る。

「私はエースなんかじゃありません」

「何を謙遜《けんそん》しているんだ。うちの看板商品を作っているのは桃瀬だろう？」

こんなふうに私を褒《ほ》め称《たた》える課長には、違和感しかない。

嫌な予感しかしないが、とりあえず指導係を指名してきた理由を聞くべきだろう。

「新人って、噂の社長令息ですか？」

「そうだ。うちの部には彼しか配属されなかったからな」

なぜか遠い目をして思いにふける課長は、どこか疲れている様子だ。

中間管理職としても、なかなかに微妙な立ち位置なのだろうと想像できる。

誰だって社長令息を部下に持ちたくはないと考えるはずだ。

その人物にもよるが、もし使えないのに御曹司だということをひけらかすようだったら指導もやりにくいだろう。

何よりその御曹司が臍《へそ》を曲げてしまった場合、左遷という恐ろしい事態になるかもしれない。

だからこそ、どこの部も彼を快く引き受けることができなかったのだろうと予想ができる。

それなら、どうしてうちの部が引き受けることになったのか。

課長の嘆きを聞いて納得した。

「なるほど。御曹司自らの希望ですか……」

「そういうことだ」

「でも、御曹司がどんな性格なのか。今の時点ではわからないじゃないですか。それなのに邪険にするのも……」

課長があまりに苦渋の表情を浮かべていたため、私はわざとらしくハハハと空笑いをした。

確かになぁ、と同意した課長を見たあと、ふと浮かんだ疑問を口にする。

「で、御曹司がうちの部に来るのはわかったんですけど。どうして指導係を私に？他に適任者はたくさんいるはずですが」

御曹司だというのなら、今後は色々な部に回って経験を積むことになるはずだ。

なんと言っても、最終的には重役に座るであろう人物。

それなら、私よりもっとキャリアがある人間が指導係としてついた方がいいのではないだろうか。

率直な意見を言ったのだが、課長はなぜか目映《まばゆ》いばかりの笑顔を見せてきた。

「そりゃあ、無理だろうよ」

「は？」

「この部に他に権力に屈しない者がいると思うか？」

「は？　え？」

それは、どういう意味なのか。

そう思う反面、課長が言いたいことがわかるような気がしてきた。

最悪な予感に震えて思わず立ち上がると、課長はグッと親指を立てて満面の笑みを浮かべる。

「しかし、桃瀬なら権力に屈しない。これほどの適任者はいるか？」

「ちょ、ちょっと待ってください？　課長」

頭が痛くなってきた。こめかみに手を当て、眉を顰める。

だが、そんな私には構わず、課長はニコニコと顔に笑顔を貼り付けて言う。

「俺は、桃瀬が適任だと判断した」

「勝手に判断しないでください！　私だって権力には屈しますよ？」

長いものに巻かれる主義だと訴えたのだが、課長はニヤリと意味深な表情で鼻を鳴らす。

「よく言うよ。お前ほど権力に屈しないやつは見たことがない」

「こんなにか弱い私になんてことを言うんですか！」

「鏡見てこい。大丈夫だ。お前なら、問題児でもなんとかなる！」

課長のポロリと零した言葉を聞き、口角がヒクヒクと動く。

「問題児？　どういうことですか？」

「えっと？」

失言をしたと思ったのだろう。課長の目が泳ぐ。

それを逃《のが》さず、すぐさま指摘した。

「問題児ってどういうことですか？　御曹司ってだけでも気を遣うのに……！　彼に何かあるんですか？」

鋭い視線で課長を睨みつけると、人事が言っていたんだよ。これはてこずりそうだと」

「ここまでの研修を見て、人事が言っていたんだよ。これはてこずりそうだと」

「てこずりそうって……。彼は将来この会社のトップを目指すんじゃないんですか？」

「まぁ、ゆくゆくは重役の椅子に座ることになるだろうが……。本人は、なかなかに曲者《くせもの》らしい」

「曲者、ですか……」

御曹司という立場だけでも厄介なのに、性格に難ありとレッテルをすでに貼られている人物ということか。

それでは、どこの部でも引き取り手がなかったことだろう。

だが、彼が希望してきたのは、我が商品企画部。他の部は胸を撫で下ろしたに違いない。

とはいえ、そんな事情があるのなら尚更私ではなく経験豊富な人材がこの部にはいるのだから、その人たちに任せた方が波風は立たないはずだ。

課長にそう訴えたのだが、彼は首を横に振る。

「いや、お前しかいない。桃瀬はリーダーとして、着実に実績を残しているし！」

「いやいや、それこそ他にもゴロゴロいますよね？　実績を残している諸先輩方が！」

あたりを見回すと、その〝諸先輩方〟と目が合う。

だが、一斉に首を振り、顔の前で手をブンブンと振って拒否を続けている。

「えー？　いや、待ってください。冗談ですよね？　先輩方の方が絶対に適任ですって」

リーダーをするようになったとはいえ、役職もないのだ。

将来のことまでを考えて指導をしなくてはいけない人物に、教えられるほど力量があるとはとても思えない。

私では力不足です、と訴えると、先輩たちが次から次に励ましてくる。

「大丈夫、桃瀬ならできる！」

「そうだ、そうだ。お前は、マーケの帝王にも真っ向勝負を挑めるほどの度胸があるんだから」

言いたい放題のギャラリーを見て、盛大にため息をつきたくなる。

何がなんでも引き受けたくないという気持ちが、見え見えだからだ。

ガックリと肩を落とす私に近づき、課長は背中をポンと叩いてくる。

「ということで、巡り巡って桃瀬にお鉢が回ってきたということだ」

「回ってきたって……」

背後にいる課長に恨みがましい目を向けると、ニヤッと意地悪に笑っていた。

「俺としては、桃瀬なら大丈夫だと思っている」

「そんな無責任な……」

「桃瀬は新人の育成もうまい。梶村は、お前の弟子だろう？　ほら！　無事にスクスクと育っている」

確かに梶村が配属されてきた当初も色々と大変だった。だが、それと今回の件とは話が違う。

あはは、と豪快に笑うと課長はその場から逃げていく。

まだまだ反論したかったのだが、課長の逃げ足の速さに舌を巻いた。

こうなってしまった以上、私がその問題児を指導しなければならないのか。

ガックリと項垂れていると、隣りに座っている梶村が心配そうに声をかけてきた。

「大丈夫ですか？　モモさん」

「……大丈夫じゃないよぉ」

「ですよね」

厄介事を無理矢理押しつけられ、絶対に苦労するであろうことがわかっている。

「大丈夫よ！」などと元気に答えられない。

私の意気消沈ぶりに、彼は困ったように眉を下げた。

「御曹司だと聞けば、お近づきになりたいって思う人だっていそうなのに」

「それよ、それ。普通は、そういうものじゃないのかねぇ」

デスクに突っ伏し、梶村に視線を向ける。

出世を望むのなら、将来重役に就くであろう御曹司に媚びを売るのも一つの手だろう。

下心たっぷりの人物なんて、ゴロゴロいる。

それなのに、これだけ敬遠されるというのは、ある意味その御曹司は大物だということだ。

もちろん、イヤミがたっぷり込められている方の大物だけど。

「ま、仕方がない。こうなったら、頑張るしかないわね」

身体を起こし、肩をグルグルと回す。

体育会系の人間ではないのだが、社会人になってからは熱血になっている気がする。

特に、遊佐と企画会議で討論するようになってから、それに拍車がかかったと思う。

それぐらいの熱い気持ちで挑まないと、彼には勝てないからだ。

知らず知らずのうちに、彼によって鍛《きた》えられている。

それが、いいのか、悪いのか。私にはわからない。

盛大にため息を吐いていると、梶村がなぜか目を輝かせて見つめてきた。

「さすがは、モモさん!」

「え?」

「俺は、指導係がモモさんでよかったたって今でも思っています」

「梶村くん」

「だからきっと、御曹司もモモさんが指導係でよかったたって絶対に思うはずです」

「っ——!」

なんてイイ子に育ったのだろう。

彼のフワフワした髪に触れながら、ヨシヨシと頭を撫でた。

「御曹司が、梶村くんみたいに素直でかわいい子だといいなぁ」

願望を口にしたのだが、その素直でかわいい後輩はテンションががた落ちするようなことをサラリと言った。

「あ、それはないかもですね。課長に曲者と言わしめた人物なんですから」

「……だよねぇ」

ガックリと項垂れていると、私の視界にピカピカに磨かれた男物の革靴が入ってきた。

え、と驚いて顔を上げると、そこには梶村もビックリのかわいい系男子が立っていたのだ。

サラサラの黒髪は艶めいていて、アヒル口があざとさを醸し出している。

ニッコリとほほ笑む様は、まさに天使。

梶村も相当にかわいい系男子だが、目の前に立つ彼もなかなかに美男子だ。

梶村は子犬のような人なつっこさがあるが、一方の彼はどこか儚《はかな》くも感じる。

ヒョロリとした体型で、とても線が細い。

そんなところが少年らしくも見え、美少年と言ってもいいほど。

周りも固唾《かたず》を呑んで見守る中、彼は花が綻ぶようにほほ笑んだ。

「桃瀬さんですか？」

「えっと、はい」

慌てて返事をすると、彼は口角を上げた。

「今日から商品企画部でお世話になります、緒方拓也《おがたたくや》と言います」

「え？」

一気に疑問が沸き上がってきた。色々聞きたいところなのだが、聞いていいものかわからない。

ポカンと口を開けて固まる私を見て、彼は目を三日月型にしてあざとかわいくほほ笑んでくる。

「桃瀬さんが、僕の指導をしてくださるんですよね？」

「……」

「これから、どうぞよろしくお願いします」

女性陣が色めき立つほどのかわいらしさで、彼は深々と頭を下げる。

ピョコンと頭を上げる仕草も、母性本能を擽《くすぐ》るようなかわいらしさを感じてしまう。

この男の子が、うちの会社の御曹司だというのか。
曲者だと、てこずると上層部に言わしめたという人物とはとても思えなかった。
予想していたイメージとはかけ離れている。
私は、ただただ彼を見つめて頷くだけしかできなかった。

4

（これは、てこずると言われるわねぇ……）

曲者と人事部に言わしめた、緒方拓也に視線を向けてため息を小さくつく。

厄介な問題を上司に押しつけられたものだと、天を仰ぎたくなった。

そうでなくても仕事面では新商品のこと、プライベートでは遊佐との今後について悩んでいる現状なのに。

これ以上の厄介事は勘弁してもらいたいというのが、本音だ。

遊佐とのことは自分的には一旦休止にして、考えることを少しの間だけ止めた。というのは、彼が一週間ほど出張に出かけているからだ。

悩みの張本人がここにいないので、顔を合わせることはない。

彼がいないのを好都合と思い、考えることを放棄した。いくら考えてもわからないものはわからない。

それなら、彼が出張から帰ってきたら、覚悟を決めて再度話し合いをしようと思い至ったのだ。

話すことで、何か違う考えや思いが出てくるかもしれない。そう思ったのである。

考えるのを放棄したことは、一種の逃げだと言われても仕方がないと重々承知している。

だが、今は……ちょっと心を整理する時間が欲しいのだ。

遊佐とのことを考えると、何も手につかなくなってしまう。

日常生活はもちろん、仕事面にも影響が出てしまっているからだ。

これだから恋愛偏差値が低すぎるのは困りもの。あらゆるところに弊害が出てきてしまったのは、反省しなくてはいけない。

しかし、もう一つの悩みが登場した今。現実逃避したくなるのも仕方がないことだろう。

拓也が商品企画部に配属されてから、三日が経った。

上層部が彼のことを曲者と言って言葉を濁していた意味を実感してきたところだ。

まず、初めての挨拶のときにお願いされたのは、呼び方だった。

『僕、緒方って名字で呼ばれるのは、あまり好きじゃないんです。そうじゃなくても、この会社ではこの名字を使うと御曹司だと相手に圧力掛けている気持ちになるので。ですから、僕のことは〝拓也〟と呼んでください。呼び捨てでも構いません』

かわいい顔でそんなことを言ったものだから、周りの女性たちの黄色い声が響き渡ったものだ。

暗に「御曹司だって僕に気兼ねしないでくださいね」と言われたようなもの。

自分のバックを見ないで接してほしい、ということで社員たちの中で彼の評価が変わったはずだ。好感度は、ググンとアップしたことだろう。

素直でかわいい新入社員という地位を、その言葉で確立したのである。

だが、私はこの発言を聞いて彼の評価を決めかねた。

敢えて、自分は御曹司だと強調したようにも感じたからだ。

なんとなくだが……笑顔も態度も嘘っぽく見えてしまったのである。

そういうイメージを抱いている女性社員は、きっと私一人だけだろう。

他の女性社員は、すっかり彼の表の顔に騙《だま》されているからだ。

私がひねくれているだけ。そんなふうに言われてしまったら、そうなのかもしれない。

でも、彼の言葉を額面通りに受け入れるには時期尚早だと判断したのだが……。

そんな経緯もあり、私としては名字呼びにしたかった。

この会社で緒方を名乗る人物は他にもいる。上層部に行けば行くほど、緒方一族が名を連ねているからだ。

区別を付けるためにも名前呼びにしてほしいという彼の意見は尤《もっと》もだと思い、彼の意見を採用することにした。

彼としても、もしかしたら御曹司という無言のプレッシャーを嫌悪しているのかもしれない。

そんな気持ちを汲み、名前呼びにしようと思ったのだ。しかし——。

素直そうな子という第一印象だった彼だが、そのイメージは音を立てて崩れていく。

あざとい。とにかく、あざとい。

拓也を言葉で表すとしたのなら、そんな言葉がピッタリ合うだろう。

子犬のように愛くるしい。元々人たらしの部分があるのか。御曹司だという立場を感じさせないのはあっぱれだと思う。

しかし——裏の顔を隠して、上手にあざとく自分を演じているように見える。

私は、コピー機のあたりで女性社員たちに囲まれている彼を見つめた。

「あれ？　紙詰まりしちゃったんでしょうか？　え？　どうやったら直りますか？」

シュン、と耳を垂らした子犬のように困り果てている拓也は、とにかくあざとすぎる可愛らしさだ。

「これぐらい私がやってあげるから」

「で、でも……」

申し訳なさそうなポーズを取る。

戸惑う拓也を押しのけ、お節介を我先に焼こうとしているのは他の部のお姉様方だ。

甲斐甲斐しく世話を焼く面々に、彼は愛くるしい笑みを浮かべてお礼を言う。

「ありがとうございます。助かります」

彼の態度を見て、お姉様方は心底喜んでいる様子だ。

恐らく彼女らの中で、拓也の株は急激に上がっていることだろう。

私も最初こそは、愛されアイドルのようだと思って彼を傍観《ぼうかん》していた。

しかし、彼をじっくり観察していると、そうではないことがわかる。

皆にはわからないように、意味深な笑みを浮かべていることが多々あるのだ。

彼は、社交的でかわいい美男子を演じているだけなのかもしれない。

そういう疑惑は、すぐに湧いてきた。

よくよく見ていてわかったのだが、面倒なことを回避したいときにあざと可愛い顔を出してくるのである。

今、彼はこの部では一番の下っ端だ。

雑用などが回りやすいので、面倒なことが多くなるのは仕方がないことかもしれない。

だが、こちらとしても無意味に雑用をさせている訳ではないのだ。

コピーを取りながらも書類に目を通すこともできるだろうし、毎日同じルーティーンをこなしていれば自《おの》ずとわかってくる内容もある。

部の社員とまんべんなく話せるようなきっかけ作りでもあるし、今後仕事をしていく上で必要な作業の流れなどを把握するためにも重要な仕事だ。

それを軽んじているようでは、先が思いやられる。

何より、雑用といえどそれを行う社員がいなければ、会社は回ってはいかない。

無駄な仕事など、何一つないのだ。

どんなことでも、会社を動かす力になる。そのことを、彼は皆より知らなければならない立場のはず。

彼は、いずれこの会社のトップに君臨するかもしれない人物だ。

それなのに、仕事を選り好みするのはいかがなものか。

雑用とはいえ、大切な仕事だ。この積み重ねが、いずれ大きな仕事に繋がっていく。

周りが手を差し出しすぎているこの環境を、なんとかせねばならないとも思う。

未だにちやほやされている彼を見て、知らぬうちに眉間に皺が寄ってしまう。

すると、隣りに座る梶村が耳打ちしてくる。

「モモさん、顔がめっちゃ怖いですよ。少し落ち着いてください」

「落ち着いているわよ」

笑顔で言ったつもりだったが、彼は即座に顔を青ざめさせた。

「気持ちはよくわかりますが、あまり怒らせない方がいい相手ですよ」

「……わかっているわ」

地の底を這うような低い声で返事をすると、梶村は首を横に振った。

「彼は、なかなかに策士です。うまく人を使うことに長《た》けている。そういう環境下にずっといたからなんでしょうけど」

どうやら梶村も、御曹司の別の顔に気がついているようだ。

ふぅ、小さく息を漏らして頷く。

それでも、私は指導員として言わなければいけないことがある。

腰を上げようとすると、梶村は必死な様子で止めてきた。

「俺が言いますから、モモさんは出ていかない方がいいです」

「でもね、そもそも私が指導員なんだから」

「それでも、です。ここで彼の機嫌を損ねてあることないこと上層部に言われる方が問題です。そして、彼はそういうことをする人間なんでしょう。だから、たらい回しにされた。俺は、そう思っています」

「梶村くん」

「今の企画、彼に妨害されるかもしれないんですよ?」

小声で私に反論してくる梶村に、首を横に振る。

「こんなことぐらいで飛ぶ企画なら、それまでってことよ」

「モモさん……」

「大丈夫。私たちの企画が、そんなバカらしい嫌がらせでなくなる訳がないわ」

キッパリと言い切ると、最初こそ苦渋の表情を浮かべていた梶村だったがジワジワと笑顔が満ちていく。

かっけぇ……、そんな彼の呟きを援護に、カツカツと十センチヒールの音を立てて拓也に近づいた。

先程はコピー機の紙詰まり直しをお姉様方にうまくなすりつけ、今度は目の前の電話が鳴っていても出ようとしない。

結局、誰かがやってくれるはず、なんて思っているから、自ら動こうとはしないのだ。

こんな仕事は自分がやるべき仕事ではない。そんな考えが彼の中にあるのではないか。

いずれ、自分はこの会社のトップに立つ。だから、仕事は選ぶ。そう言いたいのだろう。

私は彼の背後に立つと、鳴り響いている電話に手を伸ばした。

「商品企画部、桃瀬です。お世話になっております。はい、その件ですが——」

チームリーダーが、わざわざ席を立って電話を取るとは思わなかったのか。

拓也は振り返り、大きく目を見開いて私を見つめた。

彼の視線を無視しながら、通話を終えて受話器を置く。

さすがにマズイと思ったのか。彼は眉を下げて、あざと可愛い仕草で私を見つめてきた。

「スミマセン、桃瀬さん。他の先輩に早急にやってほしいと言われた仕事をやっていまして」

「そう……。それなら仕方がないわね」

私が柔和な態度を示すと、明らかにホッと安堵した様子だ。

その表情を見逃さなかった。

「でも、おかしいわねぇ。さっき、君が頼まれていた緊急性の高い仕事。突っ返していなかったかしら?」

「……っ」

確かに最初は引き受けていた。

小一時間前に、チームメンバーが拓也に仕事を頼んでいたのを見ている。

拓也としても、私の目があったので引き受けたのだろう。

だが、彼はそのあとすぐにオフィスを出ていったメンバーを追いかけ、言葉巧みにうまく仕事を押し返したのだ。

拓也は、その事実を私が把握しているとは思わなかったのだろう。

平静を装ってはいるが、目が泳いでいる。

それも、そのはず。その仕事を突っ返されたメンバーに、彼は遠回しに御曹司の威光をチラつかせたのだ。

無言の圧力をかけ、口封じを試みたのだろう。

ジッと彼を見下ろすと、ソッと視線をそらす。

それは、私が指摘したことに対する肯定だ。

この三日間、彼はそんなことばかりを繰り返していた。

ちなみに彼が意欲的に仕事に臨《のぞ》むのは、企画会議など商品に関わる仕事のみだ。

商品企画部に配属された以上、新商品を企画したい。そう願うのは普通だし、当たり前でもある。

しかし、まだこの会社のこと、そして化粧品業界のことが頭に入っていない状態では企画するのは無謀だ。

今までの彼を見ていると、自社製品ですらも頭に入っていないのではないかと思われる。

ばつが悪そうにしつつも、どうにかしてこの窮地から逃げようとしている拓也に声をかける。

「緒方くん。今は敢えて、こう呼ばせていただくわね」

私が説教をすると思ったのだろう。

キュッと唇を噛みしめ、反抗的な目で私を睨みつけてくる。

彼の顔からは「僕に刃向かったらどうなるのか、わかっているのか」という圧力を感じるが、そんなことは知ったことではない。

今後、こんな考えで会社のトップに立たれでもしたら大迷惑だ。

彼はいずれ、この商品企画部の部長あたりに就くかもしれない。

そうともなれば、彼が企画した商品が店先に並ぶだろう。

だが、それは権力をチラつかせて得た力で、だ。

そんな魂《たましい》が抜けた気合いが入っていない化粧品が流通するなんて、絶対に許すことはできない。

「どうしてバレたんだろう。そう思っている？」

「……」

「それは、ここがチーム桃瀬だからよ」

「は？」

意味がわからなかったのだろう。

眉間に皺を寄せ、明らかに不機嫌な様子で私を見つめてきた。

ようやく化けの皮を脱いだということか。

これでお互い本心を言い合えるだろう。腕を組み、彼を見てフッと鼻で笑った。

「仕事はチームで共有しているの。どんな些細なことでも、きちんとチーム内でわかるようにしている。報連相。いっぱしの社会人を気取っているのなら、その言葉の意味も重要性もわかっているわよね？」

「……何が言いたいんですか？」

「うちは、チームとして報連相がしっかりと機能しているということよ。貴方《あなた》の行動は逐一《ちくいち》私の元に報告が来るようになっているわ。そして、私からも情報はチームメンバーに伝わるようになっている」

「要するにチクったやつがいて、言うことを聞かない僕を組織で潰そうとしているという訳ですね？」

ああ言えば、こう言う。

生意気な顔で肩を竦める彼に、私は盛大にため息をついた。

「ちなみに、君はそのチーム桃瀬に入った。それなら、私の大事な部下となる」

「……立場が怪しくなってきたから、フォローしているつもりですか？」

まったくかわいげがない男だ。見た目のかわいさに騙されるところだった。

だが、まだまだ若いなと思う。

私は先日発売されたばかりのリップを塗った唇を、クイッと上げる。

発色がよく伸びがいいリップは、私に自信を与えてくれた。

「私を甘く見ない方がいいわよ、緒方くん」

「は？」

呆気に取られている彼に、私は啖呵《たんか》を切ってみせた。

「上が怖くて、商品企画なんてできるかって言うのよ」

上層部がある上の階を指差し、不敵に笑ってみせる。

商品化にゴーサインを出すのは上層部だ。そこが通らなければ、商品化には至らない。

彼らを納得させなければ、販売されることはなくなってしまう。

だけど、商品開発に力を注ぐ社員たちが一番気にしているのは、コスメを使うユーザーのこと。

店頭に並べるまでは、一か八かといった賭けに近いものがある。

ユーザーが満足してくれるよう、あの手この手で試行錯誤をしているのだ。

「これで大丈夫だ」と思える物しか、上層部たちが審判を務める最終会議には出さない。だけど——。

「緒方くん。私たちが関心を向けないといけないのは、上層部じゃない。オンジェリックの化粧品を使うユーザーたちよ。間違わないで」

キッパリと言い切ると、彼は神妙な顔つきで私を見つめてくる。

彼の目つきが変わった気がした。瞳がかすかに揺れている。

彼の心の揺れにも見えた。

そんな彼を見て、私はニッと悪戯《いたずら》っぽく笑ってみせる。

「君はラッキーよ。チーム桃瀬は、精鋭メンバーが揃っているから。ね？」

周りを見回し、チームメンバーに視線を向ける。皆が皆、大きく頷いていた。

うちのチームのいいところは、なんと言ってもこの団結力だ。

「仕事をスムーズに行うためには、一人一人の力が必要。そして、どんな仕事にも無駄なものはない。どの仕事も、商品製作に繋がる大事な仕事よ」

「……」

「それを、よく覚えておいて」

「桃瀬さん」

「うちのチームは、とにかく皆で作り上げるがモットーよ。このチームで、しっかり勉強して消費者がドキドキするようなコスメを作ろう！」

グッと拳を作って力説したのだが、バッと勢いよく視線をそらされてしまった。

残念。私の演説は、彼の心に響かなかったのだろうか。

せっかく作った拳が無駄になってしまった。渋々と手を下ろしつつ、彼に忠告をしておく。

「緒方くんも薄々気がついていると思うけど。君、色々な部で煙たがられているわよ」

「はっきり言いますね。普通、言います？　そんなこと」

苦笑いを浮かべる彼を見て、眉を下げて見せる。

「残念ながら事実だし。そんな態度ばかりしていれば仕方がないんじゃない？」

「……」

「自分だって、わかっているでしょ？」

彼に問いかけるように視線を送ると、なんだかとても寂しそうな表情を浮かべた。

きっと彼には彼なりの理由があって、こんなやる気のない態度をしていたのだろう。

今、御曹司が抱く苦悩に少しだけ触れたような気がした。

私は彼のデスクに書類の束を置き、ニッコリと満面の笑みを浮かべる。

「ここで力をつけて、誰にも文句言わせないようにならないと。その手伝いを私がしてあげるわ」

任せてちょうだい、とポンと胸を叩いた。だが、肝心の拓也は無反応だ。

心配になって声をかけようとしたが、彼は書類の束に手を伸ばす。

着実にファイリングをし始めた彼は、手元を見ながら私に問いかけてくる。

「……桃瀬さんって。学生時代、クラス委員とかやっていたくちですか？」

「えっと……？　まぁ、はい」

素直に頷くと、拓也はクックッと肩を震わせて笑い出した。

「納得です。……もう、参りましたよ」

「え？」

「僕に面と向かって、そんな啖呵を切ってきたのは桃瀬さんが初めてですよ」

「えーっと。それは、褒められている？」

イマイチ彼の心情がわからず首を傾げると、拓也は何度も頷いた。

どこか憑《つ》き物が落ちた様子の見目麗《みめうるわ》しい美少年がほほ笑んでいる。

「僕は貴女《あなた》に一生ついていきます」

「へ……？」

呆気に取られている私に、子犬のように尻尾をフリフリして「かわいがって、かわいがって！」と懇願しているような美少年。

ここに先程のお姉様方がいれば、黄色い声が上がっていたはずだ。

「僕も、モモさんって呼んでもいいですか？」

「え？　ああ、うん。構わないけど」

彼の変貌ぶりに、唖然としてしまう。だが、拓也は鼻歌でも歌いそうなほどご機嫌でファイリングをしている。

先程までの彼とは、大きな違いだ。

対照的な私と拓也を見て、チームの皆が苦笑いをする。

梶村はニヤニヤと笑って、なぜか大きく頷きながら納得していた。

「さすがは、モモさん。曲者御曹司までも手懐けましたか」

「ちょ、ちょっと。梶村くん。何よ、その言い方は！」

「だって、チーム桃瀬は曲者揃いですよ？　それを束ねたのはモモさんですからね」

梶村を筆頭に、最初はチームメンバーとも衝突を繰り返していた。

ここには、私の後輩もいれば先輩もいる。

先輩を差し置いて私がリーダーをしていいものか。かなり悩んだ。

先輩には先輩のプライドがあり、最初はうまくいかなかった。

だが、本音でぶつかってくる私に呆れ返った先輩方は、最後は諦めてくれたのだ。

「これだけのパワーを見せつけられて、モモの上に立てるとは思えないわ」

そう言ってくれて、今では私についてきてくれている。

最初こそすったもんだあったが、今ではこの団結力はチームの武器になっていた。

梶村は拓也に向かって「覚悟しておいてね」となぜか注意勧告をしたのだ。

「このチームにいる限り、モモさんに振り回されるからね」

「ちょっと！」

私が慌てて梶村を窘《たしな》めると、彼はフフッと声に出して笑った。

「もちろん、いい意味でね。仕事、楽しくなるよ」

チーム桃瀬のメンバー全員が頷いていた。それを見て嬉しくなったが、私は彼らに不満を漏らした。

「別に振り回してなんかいないからね！」

そう主張したのだが、誰も耳を貸してくれない。

その代わり、チーム桃瀬のメンバーはなぜか敬礼をして宣言をした。

「いつまでも、リーダーについていきますから！」

満面の笑みを浮かべるメンバーを見て、私は苦笑いをしたのだ。

＊　＊　＊

「モモさーん、ご飯行きましょうよ。ご飯！」

「……同期とか、君を狙っているかわいい女の子たちとご飯に行った方がよくない？　若者は若者らしく」

「何を言っているんですか！　年寄りくさいですよ、モモさん」

「うるさい！　さっさと休憩しておいで」

「えー！　僕はモモさんとご飯が食べたいんですよ」

拓也は私のデスクに近づいてきて、ニコニコと笑ってランチに誘ってくる。

そんな彼は間違いなく子犬のようで愛くるしく、ご主人に「かまって！」と懐いてくる様子に似ている。

彼に尻尾がついていたら、ちぎれんばかりにフリフリしていることだろう。

チラリと時計を見ると、確かに昼休憩の時間だ。

キーボードを打つ手を止め、パソコンの電源を落とす。

そして、商品企画部のフロアの外にいる女子社員たちに視線を向けた。

彼女らは、拓也が出てくるのを今か今かと待ちかまえているのだ。

一緒にお昼どうですか、なんて拓也に話しかける作戦を練っていることだろう。

「あの子たちは、どうするつもり？」

「僕、知らない人たちとご飯食べるほど強靭《きょうじん》な心を持っていないので」

「よく言うわねぇ」

呆れ顔で彼を見上げると、彼女たちに背を向けて私にだけ表情を向けてくる。

そこには、あざとかわいい美少年の顔ではなく、腹黒な御曹司の顔があった。

「モモさん、わかっているくせに。そんな意地悪言わないでくださいよ」

「別に意地悪なんか……。彼女たちは純粋に拓也くんとお近づきになりたいだけだと思うなぁ」

「それが面倒くさいって言っているんですよ。勘弁してください」

疲労の色を隠さずため息をつく彼を見て、私は小さく笑った。

ここ最近、彼の評判はうなぎ登りだ。

先日までも、あざとかわいいことを前面に押し出していたので人気があったことは確か。

だが、私と一悶着《ひともんちゃく》あったあとは、そこに真面目さと健気さも加わった。

そのことにより、人当たりもよくなったのだろう。ますます彼に熱を上げる女子社員が増えたのである。

今までの拓也も愛想はよくしていたが、どこかに壁を感じていた。

それが取っ払われて、彼の魅力が増したようにも感じる。

そう感じたのは、私だけじゃない。他の社員にも伝わっているはずだ。

いずれ経営側に行くであろう人物である。社員たちに好かれておくに越したことはないだろう。

とはいえ、アイドル並みに人気が高くなってしまった今。会社での彼は、息をつく暇もなさそうだ。

可哀想に、とは思うが、こちらとしてもこうも毎日拓也とご飯を食べていると、針のむしろ状態になるので勘弁してもらいたい。

彼を狙っている女子社員たちに睨まれてしまうからだ。

一応、梶村や他のメンバーも交えてランチをしているのだが、なぜだか私にばかり風当たりが強くなっている現状である。

『マーケの遊佐さんがいるのに、桃瀬さんは狡いです！』と女子社員に泣きつかれてしまったときには、どうしようかと本気で悩んだものだ。

どうしてだか、私と遊佐は所謂ケンカップルだと思っている社員が多いらしく、「どちらも誤解です」と否定して回りたいほどである。

（遊佐、今日は出社しているのよね……）

一週間ほど出張で全国を飛び回っていた彼だが、今日は確実に出社しているはずだ。

まだ朝から一度も彼の姿を見ていないが、会うかもしれないと思うとドキドキして仕方がなくなる。

スマホを見ても、彼からは連絡が来ていない。

それは今日だけに限らず、ディスカッションルームで会ってから一度も連絡がない状態だ。

元々彼と私が個人的に連絡を取るということはなかった。

会議でよく顔を合わせていたし、社内メッセンジャーを使えば事足りたからだ。

今回の出張の件も、実はあとから知ったぐらいである。

彼からは、一言もそんなことを聞いてはいなかった。

あれだけ逃げ回っていれば、出張のことを彼が私に言う機会はなかったのだろうけど。

しかし、情熱的に口説いてきたくせに、そのあとのフォローがないというのはどういうことなのか。

(いやいや、私が拒絶したんでしょうが!)

彼との今後について考えるだけで動揺してしまって、どうしたらいいのかわからなくなってしまった私は、とにかく逃げることだけを考えていた。

そんな私に、愛想を尽かしてしまったのだろうか。

ズクン――。なぜか、胸が痛む。

それに、彼と会うことができなくて寂しくも感じてしまう。

今日も、彼からは連絡がない。

もしかして、あの夜のせいで私たちの関係が変わってしまったのだろうか。悪い方向へと……。

キュッと唇を噛みしめていると、拓也が心配そうに私の顔を覗き込んできた。

「モモさん、気分が悪いんですか？」

「え？」

「眉間に皺。モモさんがこの癖を出すときは、かなりの難問が降りかかっているときだって聞きました」

「何、それ？」

「梶村さん情報です。眉間に皺が刻まれたときは、フォローが必要だって」

「梶村くん……」

恨みがましい目で彼を見ると、あははと爽やかに笑ってごまかしてきた。

「桃瀬リーダー、攻略プチ情報です。後輩にも、きちんと教えておかなくてはと思いまして」

「そんなこと教えなくてよろしいです！」

「あはは。スミマセン。……あ、仕事区切りつきましたから、俺もお昼ご一緒します」

「うん、そうして。そうしないと、拓也くん目当ての女子たちに嫉妬《しっと》の目で睨まれて辛いから」

肩を落とす私に、拓也はかわいくあざとい笑顔を向けてきた。

「モモさん、僕のために防波堤になってくれるなんて……！　なんて優しい上司なんだろう」

「勝手に防波堤にさせられているんです！」

とはいえ、上司たちからは「くれぐれも、彼をよろしく」と拓也の面倒を見てほしいとお願いされている。

この前などは、社長秘書——拓也の母親についている秘書が「息子のことをよろしく。頼りにしていますと社長が申しておりました」と、わざわざ言付けを言うためだけに私の前に現れたこともある。

さすがにそこまで言われて、面倒をみない訳にもいかないだろう。

社内で恋愛の縺れがあっては目も当てられないから、これも仕方がない。

「とにかく、ご飯食べに行こうか。社食でいいわよね？」

スマホを持って立ち上がると、拓也は大きく頷いた。

「モモさんに、どこまでもついていきます！」

「ありがとう。でも、自己防衛の仕方も徐々に覚えていきましょうか」

「ちぇー。相変わらずモモさん、手厳しいなぁ」

「そう？」

商品企画部のオフィスを出て、社食へと向かう途中。私は、拓也にすげなく答える。

私たちのやり取りを見て、梶村はクスクスと笑いながら拓也の肩にポンと手を置いた。

キュート系男子が二人並んだことにより、あちこちで黄色い声が上がる。

美少年と美青年。女子社員たちからしたら、眼福《がんぷく》だろう。

それを無視して、二人は話を続ける。

「モモさんを落とすのは並大抵な努力じゃ無理だよ？」

「やっぱりですかぁ」

「うん、なんて言ったって鈍感の塊《かたまり》だからね」

梶村は、私に視線を向けて意味深に目を細めてくる。

「鈍感って……。そんなことないと思うけど？」

反論したのだが、それをスルーして梶村は続けた。

「モモさんにアタックして散っていった男は、かなりいるよ」

「そうなんですね」

なぜか二人して顔を見合わせると、盛大にため息を吐き始めた。

とっても失礼な二人を睨みつけたのだが、痛くも痒くもないのだろう。私の視線を無視して、二人は続ける。

「最近ようやく俺も気がついたんだけどね。大本命からの熱い視線にも、気がつかないからなぁ」

「そうなんですか。モモさん、罪作りですねぇ」

ジトッとした目で私を見る彼らに、私は唇を尖らせた。

「何が罪作りよ。君たち、とっても失礼よ。それに、大本命って誰のこと？」

首を傾げると、梶村にはハァーッとなぜか盛大にため息を零されてしまった。

「これだからなぁ、モモさんは？」

「ん？」

「いいえ。そのうち、その大本命が動きだすでしょう」

「意味がわからないんだけど？」

「わからなくていいですよ。自ずとそのうち、わかることですし」

涼しい顔で言う梶村に、拓也は「大本命って誰のことですか？」と興味津々といった様子で聞いている。

だが、梶村はほほ笑むだけで教えてくれない。のらりくらりと躱《かわ》し続けている。

その様子を見て追求するのは無理だろうと諦める。

エレベーターから降り、社食へと足を踏み入れた。

その瞬間、一斉に視線がこちらに集まる。

もちろん、視線のほとんどが拓也に向けられているのだが……これは、怖い。何回体験しても慣れない。

ウッ、と言葉をなくしながらも、ジリジリと感じる視線に気づかないふりをする。

各々がランチを購入し、空いていた席に腰を下ろした。

その間にも、拓也目当てで女子社員たちが代わるがわるテーブルにやってくる。

全く、落ち着いてご飯も食べられない。それは、拓也が一番そう思っているに違いないはず。

小さく息をつきながら、A定食のあじの竜田揚げを口に運ぶ。

御曹司フィーバーは、いつまで続くのだろう。こんな調子では、彼の母親である社長が心配するのも仕方がない。

梶村と「本当、拓也くんは大変だね」と頷き合っていると、「あ！」と向かいに座る拓也が声を上げた。

どうしたのかと箸を止めると、彼は急に立ち上がって社食入り口あたりに向かって手を振り出す。

「兄ちゃん！」

「え!?」

思わず声を上げてしまった。それは、私だけではない。周りにいた社員が一斉に入り口付近に視線を向ける。

私たちがいるテーブルからは少し離れているが、よく知った人物がちょうど社食に入ってくるところを確認する。

そこには、遊佐の姿があった。いや、遊佐しかいなかった。

（え？　どういうことなの？）

慌てて目の前の拓也に視線を向ける。

拓也は、遊佐に向かって「兄ちゃん」と言ったはず。

もしかしたら、拓也と遊佐は知り合いなのだろうか。それとも、本当に兄弟なんてことは――。

目を瞬かせながら、遊佐に視線を向けた。

彼の顔から表情が消える。苦渋の表情を浮かべる顔は、拓也とは会いたくなかったというようにも見えた。

空気が読めていない様子の拓也は、遊佐に向かって手を振り続けている。

「兄ちゃん、久しぶり。ようやく会社で会えたね」

「……」

遊佐は何も言わず、ただ呆然と立ち尽くしている。

マーケの帝王と言われ、仕事中はクールすぎる人だ。そんな彼が、戸惑っていることがわかる。

無邪気な拓也を見て、愕然としているようにも見えた。

表情は硬く、目が泳いでいるようだ。

とても彼に声をかけることなどできないほどだ。

彼らしくない様子に、答えがなくとも拓也の言葉は本当なのだと確信に変わってい

はあったのよね」

「あ、そういえば。遊佐さん、この前、社長と立ち話していたんだけど。親密そうではあったのよね」

「でも、名字違うじゃない」

「え？　もしかして、遊佐さんと拓也くんって兄弟なの？」

く。

コソコソとあちこちで噂話が広まっていく様を見て、唖然とした。

人でごった返している社食は、いつもは騒がしいぐらいだ。

それなのに、水を打ったように静まり返っていく。

拓也は困惑めいた表情を浮かべ、遊佐はただその場に立ち尽くす。

彼らの様子を見れば、予感が確信に変わっていくのに時間はかからなかった。

5

「アイツ、澄ました顔してダメだしとかしまくっていたけど。なるほど。社長の息子なら生意気な態度をしていても許されるよな」

「バックがデカイといいよなぁ」

明らかに中傷めいた内容が聞こえてくる。

もちろん、遊佐がいないところでだ。所謂、陰口というやつである。

ここは、商品企画部などのフロアにあるリフレッシュルーム。

小さなテーブルにスツールが二つ。そんな組み合わせのスペースがいくつかあり、社員は思い思いにここで過ごす。

時には、ラフな会議などが行われることもある。

軽食やお菓子の自販機があり、無料で飲むことができるお茶やコーヒーのサーバーも設置されているのだ。

社食のラインナップもなかなかなもので、オンジェリックは福利厚生にも力を入れている会社だと新入社員のときは感激したものである。

ここでリフレッシュをし、仕事のパフォーマンス向上を図ることが目的だ。

それなのに、リフレッシュどころかますます疲れてしまいそうな話題が今も尚、私の背後で繰り返されていた。

私は彼らに背を向けて座っているため、遊佐と仲がいい同期がすぐ傍にいるということに気がついていないようだ。

先程から遊佐の悪口を言っているのは、営業部の面々だろう。

泣く子も黙るマーケティングの帝王に、やり込められた腹いせか。彼らの口からは、遊佐の批判ばかりが出てくる。

聞けば聞くほど、腹が立ってきた。だが、ここで口を出すのは得策ではない。

そう思ってグッと我慢をしてカフェオレを飲んでいるのだが、彼らに怒鳴りつけるのは時間の問題かもしれない。

カフェオレが入った紙コップを握りつぶしそうになるのを堪えるが、怒りは確実にふくれ上がっていく。

あの日、拓也が遊佐に向かって「兄ちゃん」と呼んだことにより、社内に激震が走った。

遊佐の様子、そして周りの空気を感じ取ったのだろう。

拓也が慌てて訂正をしたが、後の祭り。噂は瞬く間に広がり、抑え切れるものではなくなってしまった。

あの日から三日が経過。この噂で社内は持ちきりだ。

遊佐はこの件については、肯定も否定もしていない。

そんな彼の様子を見て「やっぱりデマなんじゃないか？」という意見と、「いやいや、本当だから黙っているだけなんだろう」という意見が真っ向対立している状況。

遊佐本人から事情を聞きたい。そう思ったのだが、そんなことをしたら興味本位で事を明らかにしようと詰め寄る社員たちと同じになってしまう。

それだけはできないとグッと堪えていたのだが、真相は拓也によって先日明かされた。

あまりに大事になってしまったため、拓也は私にだけこっそりと本当のことを話してくれたのだ。

結果としては、やっぱり遊佐はこの会社創立者の血縁で拓也と遊佐は紛れもなく兄弟だった。

拓也が私にだけ話してくれたのは、私が遊佐の口からよく聞いていた「モモ」であったことが大きいらしい。

『モモさんのこと、兄ちゃんはとても信頼しているみたいで。会社の話が出れば、絶対にモモさんの名前が出てくるんですよ』

そう言って、拓也はなぜかニヤニヤと笑っていた。

『だから、はじめから実はモモさんのこと気になっていたんです。ただ、あの兄ちゃんが一目置いている女性だと思ったら、どんな人なんだろうって気になっていて。ちょっと試させてもらったんです。スミマセン』

などと、自称ブラコンだという拓也が舌をかわいらしく出してニッコリとほほ笑んだときには、ガックリと項垂れてしまった。

ようするに、大好きな兄が気にしている女性に嫉妬していただけらしい。全くもって迷惑だ。

プリプリ怒っていると、拓也は遊佐の情報を色々と教えてくれた。

遊佐の本名は、緒方亮磨。彼はオンジェリック社長の長男だという。

遊佐という名字は、緒方家に婿入りした副社長――父親の実家のものなんだとか。

遊佐姓を名乗ることにより、社長令息であることを隠したかったようだ。

バックの力を借りず、自分の力で仕事をしたい。そんな彼の心意気を感じる。

いずれオンジェリックの経営に携わり、ゆくゆくは社長の椅子に座ることになるのかもしれない。

だが、その前に自分の力だけでやってみたい。

彼なら、そんなふうに考えるであろうと簡単に予測ができる。

拓也としても、兄が遊佐姓を名乗り、素性を隠していることは知っていたようだ。

しかし、先日父親である副社長が『亮磨が経営陣にそろそろ入る準備をしている』と言っていたようだ。

そう聞いていたので、すでに会社では素性を隠す必要はなくなったのかと遊佐に確認をせずに口を滑らせてしまったという。

実際はまだ遊佐は緒方姓を名乗ってもいないし、素性は隠したままにしたかったようだ。

今回のことで社内を混乱させてしまった上に、遊佐にもキツく叱られたという。

『仕方がないです。全部僕が悪いんですから』

拓也は、そう言って肩を落としていた。

副社長は、どうしても遊佐を社長に据えたいようだ。それも、できればすぐに経営陣に入れて鍛え上げたいと思っているという。

しかし、それに遊佐が頷かない。そのことに、痺れを切らしたために拓也に嘘を吹き込んだらしい。

父親としては、優秀な息子に早く経営陣に入る決意をさせたかったのかもしれない。

彼が御曹司だと社内でバレてしまえば、イヤでも経営陣に引き込むことができる。

そんなふうに考えたのだろう。

その話を拓也から聞いたとき。なんだか、寂しく感じて胸の奥がチクリと痛んだ。

私と遊佐は入社以来、盟友のような関係を築いていたと自負している。

それなのに、大事なことを話してくれなかったことにショックを受けてしまった。

一抹《いちまつ》の寂しさに、どうしようもないこととはいえ悲しくなってしまう。

ケンカップルなんて周りに囃《はや》し立てられていた私たちは、なんだかんだ言っても絆は固いと思っていたのに……。

もちろん、誰にも言えなかったであろうことぐらいわかっている。

私がショックを受けるのは、お門違いだってことも重々承知している。だけど——。

なんとも言えない思いが、グルグルと頭の中を巡ってしまう。

遊佐と話がしたいとは思うのだが、現在微妙な関係のままだ。

一夜を過ごしてしまったことで、これまでの仲がいい同期という立ち位置からガラリと変化してしまっている。

今までのように気楽に近づくことができない。そう思っているのは、きっと私だけなんだろうけど……。

しかし、遊佐が何を考えているのかわからない。

私のことが好きだと言ってきたくせに、その後のフォローが全くない。

好きだと言った彼の言葉は、雰囲気に流されて出てきただけ。今はもう、あの一夜はなかったことにしたいと思っているのだろうか。

そんなことをあれこれ考えていると、胸の奥がギュッと苦しくなってくる。

遊佐との関係をどうしたいのか。考えれば考えるほど、わからなくなってしまう。

黙り込んであれこれ考えていた私に、拓也は困ったように眉を下げて言ってきた。

『兄ちゃん、まだ現場にいたいらしくて……。経営陣に入ることを、ずっと拒んでいるんですよ。でも、父は早く経営陣に引き込みたいから、二人は衝突しまくっています』

遊佐は仕事がデキる男だ。それは、社員の誰もが知っている事実。

入社して五年が経過。社内の仕事を粗方《あらかた》見た頃だ。

だからこそ、早急に相当のポジションを用意し、将来の社長となるために教育をしていきたい。そんなふうに彼の父親である副社長が思うのは、自然なことだろう。

だが、遊佐はそれに真っ向から反抗している。

『なんでも、メインラインナップの刷新。これをするまでは、マーケから動くことはできないとの一点張りです。恐らくですけど、メインラインナップの刷新をモモさんとするまでは動かないつもりでしょうね』

なるほど、とその話を聞いて唸った。彼とは入社してからお互いずっと言い続けていることがある。

メインラインナップの刷新。当社の花形であるラインナップの充実を一緒にやり遂げたい。二人だけでの酒の席で、よく出てくる話題だ。

遊佐は、私と一緒にその夢を叶えたいと思ってくれているのだ。それが、心底嬉しい。

高揚していく気持ちを覚えるが、喜んでいる場合ではない。

副社長はそんな息子を見て、痺れを切らしているはず。それが、今回拓也に偽りの情報を吹き込んで、外堀を埋めてしまう行動にでた理由だったのだろう。

遊佐は他人に厳しいけど、自分にはより厳しい。

一切の妥協をせず、かといって頑張っている人には手を差し伸べることができる優しい人だ。

色々な悩みや圧力と戦っている。彼は今、どんな気持ちでいるのだろう。

社内では、遊佐が社長と副社長の長男だという疑惑が浸透してしまっている状況。

今さら取り繕っても遅いだろう。

そんな中、媚びを売ってくる者もいれば、私の裏で悪口三昧繰り広げているような輩《やから》だっているはず。

社内をざわつかせているのが遊佐本人だという現実。そのことに、どれほど胸を痛めていることだろう。

まだ私の後方では、遊佐の悪口を言い合っている。

本当は注意をしに行きたい。しかし、ギリギリのところで我慢している状態だ。

私より先輩である男性社員たちが、よってたかって遊佐をけなしている。

怒りと一緒に飲み干したカフェオレ。今、手の中にあるのは空になった紙コップ。

それを一気に握りつぶしたあと、私は勢いよく立ち上がった。やっぱり、我慢の限界だ。

「そういう話。不特定多数が行き来するところではNGじゃないでしょうか?」

ニッコリとほほ笑みながらも、腹の中は怒りの炎が燃えている。

それを必死に隠したつもりだが、目の前の彼らにはどう映っていることだろう。

「ああ、企画部の桃瀬ちゃんか」

「いや何、こういうことはオフレコってことで。ね？」

悪いことをしているという認識はなさそうだ。

それがまた、私の怒りの火に油を注いでいると彼らは気がついていない。

わははは！　と豪快に笑ってなんでもないようにごまかす彼らに怒りが込み上げてくる。

遊佐は、マーケティングの立場から色々とキツイことを言わなければならないことも多いだろう。

営業展開するにしても、今後の流行や現状の売り場状況などを把握しておかなければならない。

それを、遊佐は的確に処理し、アドバイスをしている。

時には、営業部の総意とは違った意見を言うこともあるだろう。

商品をより消費者の目に届くように、ヒット商品になるようにとマーケティング部は日夜データ処理に追われている。

だからこその意見を言われて、企画が通らないなんてことはどこの部でも経験済みだ。

商品企画部の面々だって、遊佐の指摘に苛立つことも多々ある。もちろん、彼とよくやり合っている私だってムッとすることはたくさんあるのだ。

だけど、彼が出してくるデータは完璧。

商品を出したいがために視野が狭くなっていると、それを指摘して正しい道へと導いてくれる。

時に横暴に見えるかもしれない。

だが、彼の分析力のおかげで窮地に陥るのを未然に防げたことも多々ある。

だからこそ、彼と仕事をしたことがある社員は、全面的に信頼を寄せるのだ。

それは、目の前の先輩たちだって同じはず。

しかし、彼らには彼らなりのプライドが存在するのだろう。

入社して五年の若造にあれこれ指図されるのは面白くないと思っているからこそ、遊佐を叩ける機会に叩いておこうとするのだ。

きっと、目の前の彼らだけじゃない。日頃の不服を抱えてながらも鳴りを潜め、彼を引き摺り下ろすチャンスが来たときに一斉に声を上げる社員はいるだろう。

遊佐が何か悪い事をしたのか。ただ、素性を隠して働いていただけじゃないか。

オンジェリックのために一生懸命、がむしゃらに働いていただけなのに――。

キュッと手を握りしめ、私は彼らを見下ろした。

「訂正してください」

「ん？　どうしたんだ？　桃瀬ちゃん。そんな、おっかない顔をして」

笑ってごまかそうとしている先輩たちに怒鳴りつけたいのをグッと堪え、静かな口調で窘める。

「遊佐は仕事を全うしているだけだと思います。彼の分析力で、営業面でも助かっているんじゃないんですか？」

私としては真剣な気持ちで言ったつもりだ。だが、彼らは私を見てニヤニヤと笑う。

どうやら面白がっている様子だ。

「何、桃瀬ちゃん。熱くなっちゃっているの？」

「そうそう。別にちょっとした世間話をしていただけだよ？」

別に遊佐の悪口を言ったつもりはないと主張してくる。反論すると、彼らはムッとした顔つきに変わった。

「ああ、そうか。桃瀬ちゃんの恋人を悪く言ったから、怒っちゃったんだ」

「なるほど、そうか。かわいいね、桃瀬ちゃん。遊佐と桃瀬ちゃんは、仲良しこよしだもんね」

完全にバカにされているのだろう。ギュッと握っていた手に、より力を込めた。

軽い気持ちで、私をからかっているだけだ。わかっている。

だけど、やっぱり我慢できない。

私をバカにするだけなら、まだいい。でも、遊佐のことをあれこれ言われたくない。

キュッと唇を噛みしめながら、心の中で決意する。

あとで遊佐にメールを送ろう。そして、彼と一度話した方がいい。

まだ彼への気持ちが整理できていないが、そんなことを言っている場合ではないだろう。

遊佐が苦しんでいるかもしれない。誰かに寄りかかりたいと思っているかもしれないじゃないか。

あの遊佐が私に弱音を吐くとは思えないけれど、それでも私は彼の傍にいたい。

その気持ちに嘘はない。素直にそう思える。

私は、やっぱり遊佐が好きだ。それが、男女の恋愛からなのか、同期としての親愛からなのか。今の私には答えは出せない。

言葉にできなくても、身体の奥から叫びたくなる。口を押さえていても、どうしても零れ落ちてしまう気持ちは誰にも止められない。

それは、もちろん……私自身も止めることができない。

どんな形の好きであれ、遊佐とこんな状態が続くのはイヤだ。それだけは言える。

カツン。ヒールの音をわざと大きく立てた。

不機嫌なオーラをまき散らし、威圧的に彼らを見下ろしていることに気がついたのだろう。

慌てた様子で、彼らは遊佐のフォローをし始めた。

「いやいや、桃瀬ちゃん。ちょっとした冗談だからさ。そんな怖い顔しないでよ」

「そうそう。そうだな、俺たちが悪かった。遊佐……いや、遊佐くんはなんて言っても御曹司なんだから、一介の社員があれこれ言ってはマズイよね」

「そうだな。こんなことが遊佐くんの耳に入っちゃったら首を切られてしまうかもしれないからねぇ」

「彼に対しての態度を改めなくちゃダメだよな」

そうじゃない。そういうことを言いたいんじゃないのだ。

盛大にため息をついてしまいたくなる。

きっと遊佐は、陰で何を言われてもクールな対応ができるだろう。

でも、彼が一番嫌がるのは、間違いなく腫れ物扱いをされることじゃないだろうか。

御曹司だからと距離を置かれることを、一番悲しがるはずだ。

そういう理由もあって、彼は父方の名字を名乗っていた可能性が高い。遊佐は、そういう人だ。

仕事中はクールで容赦ないけど、仕事から離れれば面倒見のいい人である。

自分より年下の同期の輪にも入って楽しむような人で、御曹司だからと威張ってお高くとまっている人じゃない。

「……お言葉ですが」

私の地を這うような低い声を聞いて、営業部の先輩たちの顔が凍りついた。

開いた口が塞がらない様子で、目を大きく見開いて私を見つめてくる。

カツン。より彼らに近づいた私を見て、彼らは肩をビクッと震わせた。

「遊佐は、遊佐です。仮にこの会社の御曹司だったとしても、彼の仕事の姿勢は変わらないと思います。それに、今までそれをひけらかすようなことしていましたか？」

先輩たちが息を呑む。自分より年下の女から、こんな威圧的な態度を取られたことなどないのだろう。

怒りで顔を真っ赤にさせているが、反論はできないらしい。

私は腰に手を置き、彼らに問いかけた。

私が嫌われてもいいから、伝えたい思いがある。

「彼は何も変わっていないし、今後も変わらないですよ？　そう思いませんか？」

このリフレッシュルームには、他にも社員がいる。

私たちのやり取りに注目しているのを感じた。

シーン、と場が静まり返ったが、先程まで怒り心頭だった営業部の先輩たちが周りを見回し慌ててその場を去っていく。

急にどうしたのか、と首を傾げていると、背後から久しぶりの声が聞こえてきた。

「モモ、お前がヒール役をしなくていい」

「え？」

慌てて振り返ると、柔らかい笑みを浮かべて私を見つめている遊佐がいたのだ。

今までとは違う胸の高鳴りを感じ、どうしたらいいのかわからなくなる。

耳まで熱くなってきて、それを慌てて振り払いながら彼を見つめた。

「え？　え？　遊佐？」

どうして、ここに彼がいるのだろう。いや、それより――。

「いつから、ここに……いたの？」

私は、狼狽えながら聞く。

どうか、今しがた来たばかりだと言ってほしい。祈るように、心の中で合掌をする。

彼は私にチラリと視線を向けたあと、ニヤリと口角を上げた。

「最初から」

「え……？」

「カフェオレが入った紙コップを握りしめそうになっていたところから」

「っ⁉」

彼の申告通り、本当に最初からだった。

ということは、ここでの出来事をすべて見られてしまったということだ。

逃げ出してしまいたくなったが、それを阻止するように遊佐は私の前に立ち塞がる。

「ゆ、遊佐？」

「本当に……お前ってやつは」

呆れた様子の彼を見て、先程の大立ち回りはしてはいけなかったのかと青ざめる。

だが、そんな私の耳元に顔を寄せてきた彼は甘く囁いてきた。

「だから、俺はモモが好きなんだ」

「っ！」

ゾクリ、と甘く身体が痺れて〝問題の一夜〟を思い出してしまう。

あの夜も、遊佐はこんな情熱的な声で甘く囁いてきたことを……。

顔を真っ赤にして固まる私を見て小さく笑ったあと、クシャッといつものようにその大きな手で私の髪を乱してきた。

「何も隠し事はなくなった」

「遊佐?」

「モモは、完全に逃げられなくなったぞ?」

「は? え? 一体、どういうこと?」

手をヒラヒラさせながらその場をあとにした遊佐を追いかける。

なぜか、私についてこいとばかりに非常階段へと続く扉を開けて歩いていく。

どうしてそんなところに行く必要があるのか。不思議に思ったが、彼に続いて非常階段へと足を踏み入れる。

カツカツと革靴の音を立ててゆっくりと階段を下りていた遊佐だったが、急に踊り場で立ち止まった。

私は誰もいないことを確認し、彼の前に回り込んだ。

「逃げられなくなったって、どういう——」

どういう意味なのか。彼に問おうとした唇は、急に腰を屈めた遊佐に強引に奪われていた。

「っふ……んん！」

何度も何度も熱を分け合うように、唇と唇が重なり合う。

ギュッと熱い抱擁をされ、身体中から遊佐の熱を感じてしまった。

脳裏を過るのは、甘く蕩けてしまいそうになった〝あの夜〟のことだ。

記憶を呼び起こすような情熱的なキスに、私は翻弄されてしまった。

唇はとうの昔に離れているのに、まだ私の唇には彼の熱がある。

力が抜けてしまった身体は、彼の腕に抱き留められていた。

「……何をするのよ、遊佐」

「キス」

「そんなことは、わかっているってば！　そうじゃなくて」

私が言いたいことは、きっとわかっている。わかっていて言わないのだ、この男は。

ムッと眉間に皺を寄せると、そこにキスを落としてくる。

「出張も終わったし、俺は通常通りの生活を送れるはずだ。モモも気持ちの整理ができたんじゃないか？」

「それって……」

「お前が戸惑っていることはわかっていた。だから、わざと連絡を取らなかったんだ」

連絡がなかったのは、私に考える時間を与えたいがためだったなんて。

何も反応がなかったことに対しては腑に落ちた。だが、まだ問題はある。

「御曹司の件は、どうするのよ？」

「さぁな」

「さぁなって……」

あまりにサラリとスルーする彼に呆れていると、至近距離で小さく笑ってきた。

「俺にしてみたら、大したことじゃない。俺は俺らしく、仕事を全うするだけだ」

「遊佐……」

「とはいえ、さすがに避けては通れない道だな。その件については、追々考える。それより――」

「え？」

私はいつの間にか彼の腕の中から解放され、気がつけば背中は壁に押しつけられていた。

顔の横には彼の手があり、囲い込まれる形となっている。

驚いていると、彼は身体ごと私に近づいてきた。

吐息が当たるほどの距離間に、再び胸の鼓動が激しくなってしまう。

私が動揺していることに気がついているであろう彼は、目を細めて見つめてきた。

「俺はお前との関係の方が重要だ。モモに時間はあげたつもりだ。だから、ここからは俺のターンだ」

「えっと、え……遊佐？」

「初恋なんて忘れさせてやるって言っただろう？」

「っ！」

「お前の初恋は、今からだ」

「え？」

「俺とするんだよ、恋を」

「っ」

顔が熱い。どうしようもなく熱い。

情愛溢れる目で見つめられ、何も言葉にできない。ただ、胸がドキドキしすぎて苦しい。

恥ずかしくて、どうしていいのかわからないけど、何かを叫びたい。そんな衝動に駆られてしまう。

私を見つめる彼の目は甘ったるくて、頑《かたく》なだった心を蕩かしてしまいそうだ。

「俺は、結愛が好きだ」

彼が初めて私の名前を呼んだ。そのことに、彼の覚悟を感じ取る。

彼の名前を紡ぎたいのに、唇が震えてそれができないのがもどかしい。

キュッと口を窄《すぼ》め、ただただ彼の目を見つめる。

「なりふり構わず口説きまくるから」

「遊佐」

「結愛も、腹を括れよ」

甘く耳元で囁かれ、私の心臓は壊れてしまうのではと心配になるほどバクバクと忙しなく動いている。

一気に押し寄せてくる甘い言葉の羅列に、目眩《めまい》が起きそうだ。

想いをぶつけられ、照れてしまう。居ても立ってもいられなくなり、この場から逃げ出したくなる。

遊佐が何かを言いかけたとき、彼のスマホが着信を知らせてきた。

ジャケットからそれを取り出したあと、「じゃあな、またあとで」とだけ言うと彼は階段を下りて非常階段から出ていってしまった。

バタンと扉が閉まる音が聞こえ、私は背中を壁に当てたままズルズルとその場に座り込んでしまう。

「なんなのよ、あの色気は……！」

私の気持ちをこれ以上整理させてくれるつもりは、完全になさそうだ。

遊佐は、力業《ちからわざ》で攻めてこようとしているのかもしれない。

考える時間が欲しい、などと悠長なことは通らないだろう。

そんな時間を与えず、彼はあの手この手で口説いてきそうだ。

「勘弁してよ……遊佐ぁ」

情けない声が、誰もいない非常階段に響き渡った。

＊　＊　＊

「遊佐課長、この前の資料ですが――」

ちょうどマーケティング部に用事があってオフィスに入ると、遠目に遊佐の姿が見えた。

部下と何やら真剣な顔で打ち合わせをしている。

少しずつだが、彼の周りが落ち着いてきているのだとわかって安堵した。

遊佐がオンジェリック社長の長男なのか、どうか。

そんな疑惑が社内では数日持ちきりだった。

最初こそ様子見をしていた遊佐だったが、情報を伝えないことで業務に支障が出ると判断。自分がオンジェリック社長の長男なのだと、マーケティング部の社員に明らかにしたのだ。その情報は、すぐさま社内を駆け巡って誰しもが知る事実となった。

経営陣に入るときに緒方姓に変えても別に支障はない、と当分の間は遊佐姓で仕事を続けるつもりだという。

一応表面上では、この騒動は鎮静化に向かっている。

でも、やっぱり話題が話題だ。未だにあちこちで噂にはされている。

だが、彼に直接あれこれと真相を聞いてくる人は一気に減った模様。

「あとは、時間が解決してくれるだろう」

そんな暢気《のんき》なことを言っていたが、それしか方法がないのも事実ではあるのだが。

その問題は落ち着いてきたのだが、御曹司だと認めたことにより彼の周りは違う意味で騒がしくなりつつあるようで辟易《へきえき》としている様子である。

遊佐は、元々とてもモテる男だ。しかし、仕事中の彼はクールすぎる対応をするために、近寄ることができなかった女性も多かった。

だが、オンジェリックの御曹司というオプションがついたことにより、今まで遠巻きにしていた女性までもが彼の恋人、ゆくゆくは妻という座を狙いに来たのだ。

それはもうすごい人気ぶりで、若干引き気味になるほどである。

拓也などは「ちぇー、やっぱり兄ちゃんには勝てないかぁ」と口では悪態をつきながらも、自分の大好きな兄がモテていることが嬉しい様子。さすがは、お兄ちゃん大好きっ子である。

休憩時間や、帰宅時には遊佐の周りには女性だらけ。むやみやたらに声をかけられる状況ではない。

そうでなくても、私と遊佐は同期で仲がいいことは周知の事実だ。

一部では〝ケンカップル〟などと呼ばれているので、遊佐を狙う女性は私を排除しようと牽制《けんせい》してくる。

そんな感じなので、社内で遊佐と話すことはおろか、近づくこともできない状況が続いていた。といっても表面上は、だが。

遊佐は、有言実行の人。それは、入社した頃から変わらない。

そんな大事なことをすっかり忘れていた私は、油断していた。

遊佐はクールすぎる態度で数々の美女、才女をあしらい会社を脱出したあとに一目散に自宅マンションに帰る。

脇目も振らず帰宅を急ぐ理由。それが私なのだから、どうしたらいいのかわからなくなってしまう。

非常階段でキスをされた日の就業後、頭と心が混乱中だった私を待ち伏せしていたのは拓也だった。

「相談があるんです。モモさんに聞いてほしくて……」

と涙目で後輩が頼んできては、無下にできない。

「場所を移しましょう。静かなところで相談したいんです」と彼に促されるままタクシーに乗せられた。

連れていかれた先は、高層マンション。私では場違い感ありすぎな高級感で、尻込みしていたのだが拓也に泣き落としされて中へと連れ込まれてしまったのだ。

さすがにマズイのでは、と思ったのだが、涙目の彼を放置して帰ることもできず……。

渋々と促されるまま部屋に上がると、そこには仏頂面で仁王立ちした遊佐がいたのだ。

私を見てほほ笑んではいるのだが、目が笑っておらずに背筋にゾゾッと悪寒が走った。

「モモ、来てくれてありがとう。だが、拓也の部屋だと思って上がってくるなんて、警戒心が足りないと思うが？」

不機嫌極まりない遊佐を前にし、私にどうしろというのか。

拓也に視線を向けたのだが、先程までの涙はどこへ行ってしまったのだろう。にこやかにほほ笑んでいる。

言いつけを守れたでしょ、褒めて！　とばかりの拓也は、私を見て意味深に口角を上げたのだ。

「僕、兄ちゃんとモモさんが恋人になるのを応援していますから。じゃあ！」

と私が止める間もなく、部屋を出ていってしまったのである。

残された私は、遊佐に説教を受ける羽目になったのだが、問題はそのあとだった。

遊佐特製の晩ご飯をいただいたのだが、向かい合って食べるのではなく、すぐ横に座り密着しての食事。味がしないほど、ドキドキして緊張したのは言うまでもない。

最終的には車で私を自宅まで送ってくれたのだが、車を降りる瞬間までずっと甘やかされ口説かれてしまったのだ。

車に乗るときはさりげなくエスコートしてくれ、その紳士な様子に面食らってしまう。

途中、道が渋滞して車が動かないでいると、私の手に指を沿わせ、ゆっくりと愛撫するように触れてきた。

指が触れるだけでも心臓が破裂しそうなのに、色っぽい目で見つめられて居ても立ってもいられなくなる。

渋滞を抜けて車が動き出してからは彼の視線を感じなくなったが、胸の高鳴りは落ち着くことはなくて困ってしまった。

マンションに着いてからも、遊佐からの甘く蕩けてしまいそうな口説きは続く。

すでに甘い空気に疲労困憊になった私を熱のある目で見つめる彼は、誰がなんと言おうとセクシーだった。

「やっぱり、帰したくないんだけど。もう一度、マンションに戻らないか？」

私の手を取り、そこにキスをしながら懇願されてしまったのである。

こんな甘ったるい遊佐を今まで見たことがなかった私としては、居たたまれないなんてものじゃなかった。

どうしたらいいのかわからなくなるから止めてほしい、と懇願したのだが、遊佐は甘ったるく笑って言うのだ。

「どうしてだ？　好きな女を甘やかすことの何が悪い？」

などと開き直る始末。

今まで仕事仲間という感覚で遊佐とは付き合っていたのに、急に路線変更をされても困ってしまう。

その日はある意味命からがらで自宅に戻った私だったが、その後もあの手この手で私を捕獲して甘く囁き口説いてくるのだ。

それは、誰もいない会議室やオフィス内。はたまた、仕事が終わると有無を言わさぬ早業《はやわざ》で飲みに連れていかれたこともあった。

毎日ではないにしろ、なんの予告もなく遊佐が仕掛けてくるために、こちらとしても対策の取りようがないのである。

（昨夜だって……）

残業を終え、駅へと向かう最中だった。一台の車が止まっており、そこにはロマンスグレーな男性が立っていた。

彼は誰かを探している様子で、あたりをキョロキョロと見回している。それを横目に通り過ぎようとしたのだが、いきなりその男性に呼び止められてしまったのだ。

「桃瀬結愛さまでいらっしゃいますか？」

「は、はい……そうですが」

この男性とは初対面のはず。それなのに、どうして私の名前を知っているのか。

不思議に思っていると、「少々お待ちください」とその男性はどこかに電話をかけ始めた。

一言、二言何かを話したあと、その男性はスマホを私に差し出してくる。

「主人が桃瀬さまとお話がしたいと申しております。電話に出ていただけないでしょうか？」

物腰柔らかい紳士に頼まれ、渋々と電話に出たのだが……相手は遊佐だったのだ。

『彼は緒方家で働いていて、俺が小さい頃からお世話になっている運転手さんだ。怪しい人間ではない。だから、安心してその車に乗って、うちに来てくれ』

その言葉を聞いて、盛大にため息をついたのは仕方がないと思う。

拓也を使うまでは理解できるが、まさか緒方家のお抱え運転手まで使うなんて。

もちろん抗議した。だが、『これぐらいしないと、お前は逃げるだろう？』と開き直ってくる。

確かに拓也が迎えに来たとしたら、すぐさま逃げていただろう。

だが、緒方家から派遣されてきた運転手を無下になどできない。遊佐の作戦勝ちだ。

渋々車に乗り、遊佐のマンションへと行くと、カレーのいい匂いが。

「モモ、仕事お疲れ。今、カレーができたところだ。食おう」

と満面の笑みで言う彼を見たら、文句を言い忘れてしまった。

私に会えて嬉しくて仕方がない。そんな笑みを向けられたら、怒りや戸惑いなんて消えてなくなってしまう。

遊佐はかなり強引な手を使って、私を口説く時間を捻出してくる。

心臓が持ちそうもないほど甘い言葉を言われ、必要以上にスキンシップを取られている。

しかし、それ以上のことは絶対にしてこない。

男性の一人暮らしの部屋だ。力ずくで押し倒される可能性だってなきにしもあらず。

それに、私たちは一度身体の関係がある。一度も二度も同じとばかりに、押し倒してくる男性だっているはずだ。

だけど、遊佐はしてこない。彼が言うように、純粋に私との時間を作り、口説いてくるだけだ。同期という間柄ではなく、仕事の延長線上でもない。男と女という関係をイヤでも意識させてくる。

彼にとっての作戦だとわかっているが、それに呑み込まれそうになっている自分に気がつく。

遊佐と一夜を過ごしたのは、初恋から、そしてそれと紐付けられているトラウマから一歩を踏み出すためだった。

男性不信を克服するために、遊佐にお願いして抱いてもらったあの夜。

確かに、あの夜から私は変わったのかもしれない。

雨が降っても初恋の彼を思い出すこともないし、どこか気持ちが楽になったからだ。

前向きになれたのは、全部遊佐のおかげだ。間違いない。

彼に口説かれるたびに、心を覆っていたしがらみが落ちていく。

それを実感するとともに、このまま流されてしまいたいと思う自分がいた。

(ダメ、しっかり考えなくちゃ)

自分がこれからどうしたいのか。きちんと考えなければならない。

曖昧な気持ちで遊佐の手を取ってしまったら、きっと後悔する。それだけは絶対に避けたい。

遊佐は私にとって大事な人だ。彼を迂闊《うかつ》な判断でなくしたくはない。

頼んでいた資料をもらってお礼を言うと、私はマーケティング部のオフィスを出ようとする。

そこで、ふと視線を感じて顔を上げた。

視線を向けた先、そこには遊佐がいてジッと私を見つめている。

その熱視線を一身に浴びてしまい、身体が一気に火照ってしまった。

慌てて視線をそらそうとした瞬間、彼が色香漂う笑みを唇に浮かべる。

(もう！　遊佐ったら！)

真っ赤になった顔を、先程受け取った資料で隠した。

6

昼休憩。一人で社食にやってきていた。

今日は比較的空いており、ゆったりとした気分で食事ができそうである。

私が腰を下ろした席は日差しが強く当たる場所で、夏のこの時期はあまり人気がない。

とはいえ、この席から見る外の景色は綺麗なので、私は暑さにも負けずに座ることが多いのである。

神出鬼没で私を口説きまくってくる遊佐は、今日もとても元気だった。

今朝も人の目がなくなった途端、甘く囁いてきたのだが本当に止めてほしい。

囁きを聞いてしまったら、そのあと私は使い物にならなくなってしまうからだ。

その件に関して文句を言っても、遊佐は「それは仕方がない。諦めてくれ」となぜか偉そうに言っていた。

だが、昼休憩前に行われた会議では、相変わらず容赦ないことをズバズバ言ってきては私を撃沈させてくるあたり鬼である。

仕事とプライベートをしっかりと区別している。大いに結構だ。

私としても仕事の面で甘さを見せられたら、大激怒していたことだろう。

しかし、あまりのギャップに「飴と鞭」をうまく使い分けられているのではないかという疑惑が持ち上がってくる。

だけど、それがイヤではない自分がいた。

今まで見たことがない遊佐を見ることができるのは、今の時点では私だけなはず。そんな優越感を覚えてしまう。

そろそろ私は認めないといけないだろうか。

遊佐のことを、男性として好いていて、恋心を抱いているということを。

ようやく自分の気持ちがわかってきた。それなら一歩を踏み出すときが来ているはずだ。

わかっていても躊躇しているのは、自分の気持ちに素直になるきっかけが欲しいからなのかもしれない。

頑固で融通がきかない私の心と頭に、ため息しか出てこない。

今日の日替わりランチである、若鶏の南蛮漬けを「熱いときには、酸っぱいものがいいよねぇ」と少しだけ気落ちしていた心を元気にさせようと、モリモリと食べ進める。

七月下旬。梅雨も明け、外は相当な暑さになっているだろう。

今朝の情報番組内の天気予報でそんなことを言っていたはず。

ジリジリと日差しが照りつけているアスファルトを見下ろしていると、声をかけられた。

「商品企画部の桃瀬結愛さん、ですよね？」

「えっと……ええ」

慌てて顔を上げる。

そこには、社内でも話題になっている新入社員がいた。

にっこりとほほ笑む様は品がよく、花が綻ぶようにかわいらしく美しい。

大和撫子《やまとなでしこ》を絵に描いたような彼女は、〝オンジェリックの高嶺の花〟とまで言われている。

今年の新入社員は、色々な意味で話題性に富んだ人が多いともっぱらの噂だ。

その中でも、特に目立っているのが二人。

一人は、オンジェリック社長の次男である拓也だ。

拓也に対しての注目度は、新入社員の中でナンバーワンだろう。

いずれは経営陣に入るであろう人物の登場に、社内は騒然としたものだ。

そして、もう一人。それが、彼女である。

「突然、申し訳ありません。私、阿久沢繭子《あくさわまゆこ》と申します。今年入社して、総務部に配属になりました。よろしくお願いいたします」

「い、いえ……。ご丁寧に、どうも」

丁寧な口調、雅《みやび》な仕草。どこをどうとっても、お淑《しと》やかで清楚な雰囲気だ。

高嶺の花だと言われる所以を垣間見た気がした。

彼女の噂は、すでに商品企画部にも届いている。

なんでも、彼女の父はオンジェリックのメインバンクである國ヶ咲《くにがさき》銀行の頭取だ。

彼女は、生粋《きっすい》のお嬢さまらしい。

お嬢さまらしき格調は感じるものの、誰にでもにこやかに接することができる人だと聞いている。

とにかく好印象な話しか聞かない女性だという印象を持っていた。

そんな彼女が、どうして私の名前を知っているのだろう。

そして、なぜ私に声をかけてきたのか。まったく理由がわからない。

もしかしたら、総務関係の話をしに来たのだろうか。

だが、今はお昼休憩中。仕事の話なら、休憩上がりにしてくるはずなのに。

不思議に思って彼女を見ていると、綺麗な笑顔を浮かべて「そこ、お邪魔してもよろしいでしょうか？」と礼儀正しく聞いてくる。

私は戸惑いながらも、小さく頷く。

「どうぞ」

「失礼いたします」

彼女はほほ笑みながら会釈をすると、私の真向かいにある席に腰を下ろす。その所作もとても綺麗だ。

背筋を伸ばし、私をまっすぐに見つめてくる。

しかし、品がある彼女だったはずが、一瞬だけ見せた冷たい眼差しが気になった。

ゾクリと背筋が凍るほど冷たく、どこか違和感を覚えるような目。綺麗なのに、凍えそうなほどに冷淡だ。

こちらも背筋を伸ばし、彼女と対峙する覚悟をする。何やらイヤな予感がしたからだ。

「桃瀬さんは、私のことをどこまでご存じですか？」

「え？」

「つい先日、本社に配属されたばかりの新入社員ですから、何を言っているのかとお思いでしょうけど」

イヤな予感は的中したようだ。

目の前の繭子はお淑やかな空気を纏っている。だが、それは上辺だけ。

言葉の端々には、不機嫌な気持ちが込められているように感じる。

先程までは大和撫子っぽくて礼儀正しい子だなぁと思っていたが、今の彼女は悪い意味でお嬢さま気質を隠そうとはしていなかった。

ようするに上から目線ということだ。初対面の、それも職場の先輩に対する態度ではないことは間違いないだろう。

威圧的な態度で私を見たあと、口元に手を当てて嘲笑ってくる。

「あら、私のことを知らないなんて……。桃瀬さん、それでもオンジェリックの社員ですか？」

「……もしかして、うちの会社のメインバンク、國ヶ咲銀行の頭取の娘さんということかしら？」

「知っていらっしゃったのね」

「ええ、噂はかねがね」

彼女がどうして私に声をかけてきたのか。

今の段階では、理由がわからない。だが、気を抜いていてはいけないだろう。

上っ面だけでも整えなければと余裕ある態度でほほ笑んだが、彼女の言葉を聞いて頬がピクッと固まる。

「泥棒猫」

「え？」

何を言い出したのかわからず、聞き返す。

だが、そんな私を見て繭子は嫌悪感剥き出しで顔を歪めた。

「いいえ、違いますわね。貴女は賢い女性ですもの。だからこそ、彼の手を取らないでいてくれているのですよね？」

まったく意味がわからない。今度は、私が顔を歪める番だ。

眉間を寄せると、彼女は勝ち誇ったように華やかな笑みを浮かべた。

「私、緒方亮磨さんの婚約者なんですわよ？」

すべての動きが止まる。目も耳も口も手も、そして心も頭も。全部がストップしてしまった。

身動きできない私を見て、繭子はかわいらしいピンクベージュの唇を優雅に綻ばせる。

その唇は、私に容赦ない言葉を浴びせてきた。

「社内では、私とオンジェリックの御曹司との結婚が噂に上がっていたのはご存じかしら?」

知らない。そう言いたかったが、頭の中が混乱していて言葉にできない。

唖然としたままの私を見て、憐れんだ視線を向けてくる。

「亮磨さんが、オンジェリックの社長のご子息だということが伏せられているときは、弟である拓也さんが私の婚約者ではないかと騒ぎ立てられていたのですけどね」

コロコロと笑う彼女。だが、今の私には、彼女の笑い声が耳障りで仕方がない。

これ以上は、聞きたくはない。だが、腰を上げることができなかった。

恐らく、ここで逃げて彼女の話を聞かなかったとしても、いずれ何かしらの形で私の耳に入ってくるはず。

それなら、逃げても無駄だろうと判断した。でも、心の準備はまだ全然整ってはいない。

私の心情など無視をし、……いや、戸惑っていることをわかった上で彼女は話を続けてくる。

「実は、長男である亮磨さんとの縁談が持ち上がっていますの。この件は、まだ皆様のお耳に入っていないのですけどね」

「……」

「とはいえ、おバカさんでなければ、予想がつくことでしょうけど」

固まり続けている私に視線をチラリと向け、小さく鼻で笑った。

「周知の事実となって、社内の誰もが耳にする日も近いですわね」

高笑いが聞こえた気がした。

実際は声を出して笑ってはいない。しかし、彼女は確実に私を見下して心の中で笑っているだろう。

それは、彼女の勝ち誇った目が物語っていた。

「でもね。亮磨さんとの縁談。最近持ち上がったんじゃないんですよ?」

「え?」

思わず声が出てしまった。そんな私を見て、彼女は酷く楽しそうだ。

繭子の父親は、オンジェリックのメインバンク頭取だ。

そういった関係から持ち上がった縁談なのではと思っていたため、彼女の発言には驚きを隠せなかった。

動揺しているのが伝わったのだろう。彼女は、意地悪く目を細める。

「亮磨さんとは、私が生まれたときからの縁。幼なじみという関係ですわね」

「幼なじみ……」

「ええ。亮磨さんと、拓也くんと私。三人で幼い頃からよく遊んだ仲なんです。それはもう、とても仲がよくて。小さい頃から私は、亮磨さん一筋。ずっとずっと好きだったんです」

頬を赤らめて遊佐のことを語る彼女は、お世辞ではなくかわいい。

しかし、そんな恋する乙女といった表情はそこまでだった。

ピタリと話すことを止めた彼女が、私に向けてきた視線は鋭く怒りに満ちている。

「私は亮磨さんのお嫁さんになると、ずっとずっと彼に言い続けてきました。そして、彼のお嫁さんになるための努力は惜しまずやってきたつもり。貴女とは覚悟が違うのです」

「覚悟って……」

戸惑う私を見て、彼女は悔しそうに下唇を噛む。

視線は私を射貫くように鋭く、想いの強さに息を呑んだ。

「私、知っているんですよ？　亮磨さんが、貴女のことを好きなんだって」

「っ！」

「でも、いいの。最終的に私の元に来てくれるのなら問題ありませんわ」

「え？」

「結婚前のお遊びなど目を瞑ると言っているのです」

息を呑むと、彼女はクスッと薄ら笑いをした。

「それなのに、貴女は亮磨さんからの告白の返事を渋っているんですって？」

「どうして――」

目を見開いて驚くと、「さぁ、どうしてでしょうね？」とわざとらしく肩を竦める。

「なんでも、桃瀬さんったら初恋の人が忘れられないんですってね」

なぜ、そのことを知っているのだろう。

どうして？　なぜ？　そんなことばかりが頭に浮かんで、ごまかすこともできない。

そんな私を見て、繭子は妖しく口元を緩めた。

「それって、男性からの告白を断るときの常套句なのかしら？」

「っ！」

確かにそう言って断ったことがある。それも最近だ。

遊佐と一夜を過ごしたあと、人事部の課長に改めて告白されてしまったのだ。

そのとき、「どうして振られたのか、理由を知りたい」そう強く求められた。

相手は、とても尊敬している先輩だ。

だからこそ嘘はつきたくなかったし、理由を話しておかなければ再び口説かれてしまうかもしれない。

課長の気持ちに応えられない以上、きちんと終わりにしなくてはならないだろう。

そう思って、私は彼に伝えたのである。

課長に不満があるのではなく、ただ自分は初恋を拗らせてしまっていて新しい恋ができないだけです、と。

それを、彼女は課長本人に聞いたのだろうか。

唖然としていると、繭子は私を労るような視線で見つめてくる。

「初恋って、とても大切ですよね。わかります、私だって初恋が大事ですもの」

「阿久沢さん」

「だから、安心して亮磨さんを振って差し上げて？　ご安心なさって、桃瀬さん。私が責任を持って彼を慰めますから」

「ちょ、ちょっと待って！　待ってちょうだい！」

勝手に解釈をして暴走をしている繭子を止めようとするが、彼女の口は止まらなかった。

「結婚前のちょっとした浮気なら許せますし、その点はご安心なさって？」

「阿久沢さん」

大声を出しそうになるのをグッと堪える。

周りに人はいないとはいえ、いきなり私が騒ぎ出したら注目の的になってしまう。

押し黙る私に、繭子は同情めいた目を向けてくる。

「私なら亮磨さんだけを愛することができます。それに、彼のお父様も私と一緒にさせたいと言ってくださっているんです」

「え……？」

その話を聞いて、急に遊佐が遠く感じてしまった。

彼は、オンジェリック経営陣の血縁者だ。

拓也からの話では、遊佐を早く経営陣に据えたいと彼の両親は考えているようでもある。

遊佐がいずれオンジェリックのトップの座につくのであれば、普通の結婚は望めないのかもしれない。

彼の未来は、オンジェリックの未来とも重なるからだ。

会社の発展のため、緒方家の繁栄のために、彼自身の未来を色々な意味で狭められる可能性が高くなる。

わかっていたのに、わかっていなかった。

急に現実を感じ取り、私は途方に暮れてしまう。

藺子は椅子から立ち上がると、周りを背にして私にだけ顔を向けてくる。

そんな彼女の目は冷たく、キツく私を睨みつけてきた。

「ねえ、桃瀬さん。どっちつかずのまま亮磨さんを翻弄しないであげてください。亮磨さんが、お可哀想ですよ」

それでは、と踵《きびす》を返した彼女は足早に社食を出ていった。

彼女の後ろ姿が見えなくなるまで、微動だにできなかった。

ようやく視界から彼女がいなくなったあと、誰にも見つからないように小さく息をつく。

彼女に何も言えなかった。

私のことを好きだと言ってくれた遊佐に対し、私はなかなか返事ができないことは事実だからだ。

それに、初めて聞いた遊佐を取り巻く現状に動揺してしまう。

彼はこの会社の御曹司だ。許嫁《いいなずけ》がいてもおかしくないのかもしれない。

会社のことを思えば、政略結婚をしなければならないのだろうか。不安が押し寄せてくる。

（でも……私）

遊佐のことが好き。その気持ちは日ごと増していく。

それなのに一歩を踏み出せないのは、結局、自信がないのだ。

こんな私を、遊佐は本当に好きになってくれたのか。

私を抱く前から好きだったという言葉を本当に信じていいものか。

初恋とセットになっているトラウマのせいで、どうしても男性を信じ切れない自分がいる。

遊佐を信じ切れていない自分がイヤになるが、一つだけ確実に言えることがある。

それは、彼にだけは私の何もかもを見せることができるということ。

入社時から彼と一緒にいると楽しくて、嬉しくて。彼にだけ、唯一弱みを見せることができて……。

この頃の私は彼を見るとドキドキして、ずっと一緒にいたいと願ってしまう。

こういう感情を恋というのなら、私は——。

目の前には、まだ半分も食べていない南蛮漬けがある。

食欲は失せてしまったが残すのは申し訳なくて、ゆっくりと食事を再開した。

まだ午後から仕事がある。早く気持ちと頭を切り替えなくては、と焦りも出てきてしまう。

でも、その焦りは本当に仕事に対してのものだろうか。

遊佐が遠くに行ってしまう。私の手の届かない存在になってしまう。

オンジェリックの御曹司である以上、会社の繁栄を優先する未来が来るかもしれない。

残念ながらそれを今、繭子の登場により改めて思い知ることになってしまった。

頭を振ってその考えを振り払おうとしていると、テーブルに置いておいたスマホがブルルッと震える。

スマホを確認すると、メッセージが一通届いていた。

『姉ちゃん、未だに初恋を拗らせているの？』

なんともタイムリーな話題に、私はスマホのディスプレイを凝視した。

メッセージは私の弟からで、私が初恋を拗らせていることを知っている人物でもある。

それも筋金入りの拗らせぶりを心配してくれる、優しい弟なのだ。

弟の貴之《たかゆき》は、私の一つ年下だ。そして、初恋の相手である黒髪の彼と同じ男子校に通っていた。

そのため、彼は姉のことを心配して黒髪の彼を探してくれたのだが……。

貴之は、そんな人は学校にいなかったと報告してきた。

卒業をしてしまった可能性が高いということだ。

もし、私たちの予測が正しければ、黒髪の彼は私より二つ年上。

私が黒髪の彼に恋をしたとき、彼は高校三年生だったということになる。

すでに卒業をしてしまったとしたら、どうすることもできない。

それで、そのまま初恋を拗らせるということになってしまったのだが……。

しかし、貴之は突然何を言い出してきたのか。

『どうして?』

脳裏に遊佐の顔が浮かんだため、曖昧な返事を送るはめになってしまった。

すると、間髪を容れずに貴之からのメッセージが届く。

『姉ちゃんもいい年だろ？ そろそろ前に進むべきだと俺は思うんだよな』

奇遇だな。私もそう思っていた。

文字としては送らなかったが、貴之からのメッセージを見て大きく頷く。

それにしても、どうして突然そんなことを言い出したのか。

小首を傾げていると、貴之から再びメッセージが届いた。

『初恋の男に会って、踏ん切り付けてみないか？』

その文章を見て、何度も瞬きを繰り返してしまう。

一体どういうことなのかと返信してみると、なんでも男子校の創立七十周年の記念式典があるという。

卒業生全員が来るわけでもないので、黒髪の彼が来るとは限らない。

でも、私より二つ上で黒髪の彼と同級生であろう人は何人か来ることがわかっているらしい。

貴之は生徒会長をしていたことで、この記念式典の実行委員として動いている。

そのつてで、私の初恋の男性の行方を探ってくれている様子だ。

『当日、姉ちゃんも会場に来ないか？　俺の付き添いという立場で会場の入り口あたりにいることは可能だから、そこで見つけることができるかもしれない。もし、その男が出席していなかったとしても、その男の同級生と姉ちゃんを引き合わせることはできるぞ？』

確かに、そろそろ一歩を踏み出すときがやってきたのかもしれない。

遊佐への気持ちが恋心からのものであると自覚しつつある今、本当の意味で初恋を吹っ切る機会が私には必要だろう。

その式典に行きたいという旨を貴之に伝えると、『来週の土曜日だから、実家に帰ってこいよ』とメッセージが届く。

来週の土曜日。もしかしたら、黒髪の彼に会えるかもしれない。

何年か越しの再会ができたら、私はどんな気持ちを抱くのだろうか。

拗らせていた初恋にさよならする。私にとっては必要な儀式だ。

そのために、黒髪の彼に会いたい。

初恋、そしてトラウマから卒業をしたら……私は、遊佐に気持ちを伝えに行く。

あとのことは考えない。まずは、一歩を踏み出そう。

私は、黙々と食事を進めながら色々な感情と戦う決意を固めた。

＊　＊　＊

黒髪の彼との思い出に終止符を打つ。

貴之からの連絡が来て、初恋にさよならをする覚悟を決めた日。私は、遊佐にメッセージを送った。

『土曜日の夜、時間を作ってほしいです』

初恋とトラウマを吹っ切ったあと、その勢いで遊佐に告白しようと考えたからである。

件《くだん》のことを、彼もどうやらかなり気にしている様子だ。

「俺の今のライバルは、お前の初恋の男だからな」と、事あるごとに言っている。それを聞くたびに、遊佐のことが好きだという言葉を呑み込んでしまっていた。きちんと初恋とトラウマに決別ができたと彼に説明できない限り、私が彼を好きだと言っても彼の心にしこりが残ってしまう。そんな気がしたからだ。

ずっと抱えていた初恋とはキッパリお別れしてきた。彼に、はっきりそう言いたいのだ。

そして、彼のことが好きだと告げたい。晴れやかな気持ちで、恋人になりたいのだが……。

彼が御曹司だということで、親が勧める相手との未来を歩き出すことになるのかもしれない。

それでも、やっぱり私の気持ちを彼には伝えたい。

高校生の頃の私のように想いを告げずに終わりを迎えてしまえば、また恋を拗らせてしまう。それでは、何も成長が見られないだろう。

恋への一歩を踏み出すため、初恋とトラウマにさよならをして遊佐に好きだと伝える。

その覚悟を決めたのだ。

私が送ったメッセージへの返事はすぐにきた。

『わかった。もし、よかったら昼から会えないか？』

そんな誘いが来たのだが、それはお断りする。

『土曜日、夕方までは実家に戻るつもり。だから、夜に会いたい。そのときに、遊佐に伝えたいことがあるから』

『実家？　日帰りでこちらに戻ってくるのか？』

私の実家が新幹線に乗り、更に何回か電車を乗り継がないと辿り着かない田舎だということを、彼には話したことがある。

だから、都内と実家を一日で行き来することに驚いたのだろう。

車を出してやろうか、とメッセージが来たが、丁重に断った。

『初恋とトラウマに決着をつけてくるつもりだから、一人で行ってくる』

そんな返信を送ると、『どういうことだ？』と矢継ぎ早にメッセージが届いた。

最初こそ言葉を濁していたが、あまりに聞いてくるので『初恋の彼ともう一度会って気持ちの整理をしてくる』とだけ伝える。

その上、『土曜日までは遊佐に会えません』と伝えると、これに関していくつもメッセージが送られてきた。

『どうして俺を避ける必要がある？　うちの会社の御曹司だってわかったからか？皆と同じように距離を置こうとしているのか？』

『それは違う。ただ、きちんと自分の気持ちと向き合いたいんだ』

正直に自分の気持ちをメッセージにしたら、ようやく彼は納得してくれた。

だが、訝しんでいることは確かだろう。

そんな彼には、繭子との一件は伝えることを止めた。

まずは、遊佐への気持ちを伝えることが最優先だと思ったからだ。

週末までの数日、遊佐に会社で直接何かを言われるかと思ったが、彼は金曜日夕方まで研修会に出席が決まっていた。

ホッと胸を撫で下ろしたのは言うまでもない。

そして、今。私は早朝から新幹線に乗り、電車を二つほど乗り換えて目的のホテルにやってきた。

地元の駅前にあるそのホテルは、このあたりでは一番大きなホールがある。

その会場の受付となるロビーで、一人ドキドキしながらソファーに座った。

男子校ということもあり、出席者のほとんどが男性ばかりだ。

七十周年という歴史があるので矍鑠《かくしゃく》としたご老人から、つい先日卒業したばかりという若い男性まで年齢の幅が広い。

だからこそ、ロビーに女性である私がいるととても目立つ。

所在なさげな私を、チラチラと出席者たちが見ているのがわかる。どうにも気まずい。

それでも、会場に入っていく出席者たちに目をこらす。

黒髪の彼が出席しているとは限らない。だが、もしかしたらという気持ちもある。

黒髪の彼の手がかりが見つからなかったとしても、別にいい。

これは、頑固で融通がきかない私の大事な儀式だ。

こうして彼に会おうと思ったこと、トラウマとさよならすると決意して行動したことに意味がある。

この場所に来て、私はすでにある意味で吹っ切れていたことに気がついた。

そんな気持ちになったのは、きっと遊佐のおかげだ。

『今も昔も、モモはモモだ』その言葉が、私の拗れた心を解き放ってくれたのだと思う。

彼と一夜をともにした日。私は確かに酔っ払っていたとはいえ、彼だから私の何もかもを見てほしい、受け入れてほしい。そう思ったからこそ、あの夜があったのだ。

結局、私はずっと遊佐のことを心の奥底で想っていたのだと思う。

答えは出た。きちんと前向きな〝さよなら〟ができたので、これ以上この場にいても仕方がない。

今はただ、早く遊佐に会いたい。それだけだった。

見た目だけで判断され、手のひら返しされることへの恐れ。

初恋と紐付け雁字《がんじ》搦《がら》めになっていたトラウマがゆっくりと消えてなくなった。

そんなふうに思えたのは、やはり遊佐のおかげなのだろう。

気持ちが新たになり、すっきりした。清々しい心持ちになり、恋に前向きになっていく。

「うん……帰ろうかな」

貴之には帰る旨を連絡しておこう。スマホをバッグから取り出そうとした手が止まる。

「え……？」

スマホが手の内からすべり落ち、再びバッグの中へ。

どうして？　なぜ？　そんな疑問ばかりが頭を駆け巡り、それ以上は何も考えられなくなった。

震える唇。高鳴る鼓動。視界が涙で滲む。

ゆっくりと立ち上がり、ロビーに向かってくる人の波の中、見知っている人から目が離せない。

ざわつくロビーの人だかりは、吸い込まれるように会場の中へと入っていく。

重厚な扉は閉まり、ロビーには人がいなくなった。

あたりは急に静まり返り、私は目の前に立つ彼から視線をそらすことができない。

「なんで？　ここに遊佐が……」

スーツ姿の遊佐が、私の目の前に立っている。

彼と視線が絡み合った瞬間、戸惑いがあふれたが、すぐに湧き出てきたのは嬉しいという気持ちだった。

なぜ彼がここにいるのか。そもそも、私が実家に戻ることは知らせてはいたが、このホテルに来ていることは伝えていない。

それなのに、どうして私がここにいることがわかったのだろう。

不思議に思っていると、彼は困ったように眉を下げた。

「結愛の実家に行って、お前がどこにいるか聞いてきた」

「うちの実家って……!?」

そもそもどうして私の実家を知っていたのかと聞くと、遊佐はばつが悪そうな顔をして視線をそらす。

「そこは、まぁ……職権濫用《しょっけんらんよう》?」

「あのねぇ、遊佐」

彼はオンジェリックの御曹司だ。社員の個人情報など簡単に手に入るだろう。

だが、本来の彼はこういう手を使うような人ではない。

ジッと見つめると、申し訳なさそうに頭を下げてくる。

「なりふり構っていられなかったんだ」

「え?」

「お前が初恋の男と、万が一結ばれるような展開になったら……悔やんでも悔やみ切れないし」

「遊佐」

「結愛のお母さんに挨拶をしてきた。お嬢さんと同期で、口説いている最中ですと正直に申告してきた」

「は……？」

目を見開く私を、彼は至極《しごく》真剣な表情で見つめてくる。

私の実家に行くからと、休日だというのにスーツを着てきたのだろう。

お母さんとどんな話をしてきたのか。気になるが、きっと赤面してしまうような内容に違いない。

あとでからかわれるだろうことを予想していると、「それより……」と彼は不安そうに聞いてくる。

「間に合ったか……？」

「え？」

「結愛の隣に男がいないってことは、間に合ったってことか？」

カツカツと革靴の音を立てて近づいてきて、遊佐は私を抱きしめてきたのだ。

「え？　え？」

慌てふためいていると、耳元で彼が安堵した様子で囁いてくる。

「結愛、今日こっちに戻ってきたのは……初恋とトラウマに決着をつけるつもりだったんだろう？」

そのつもりだった。だが、この場に来て、私の中ですでに答えがしっかり出ていたことに気がついた。

だからこそ、そろそろお暇《いとま》しようと思っていたのだが……。

まさか、遊佐がこの場に駆けつけてくるなんて思いもしなかった。

私を抱きしめていた彼が、急に私を腕の中から解放する。そして、ガッシリと私の両肩を掴んで顔を覗き込んできた。

「結愛、初恋の男に会ったのか？」

彼の目は怖いぐらいに真剣で、思わず固唾を呑む。

心配で来てくれたのだろうか。キュンと胸が切なく鳴く。

彼がこんな遠い所にまで駆けつけてくれたことが嬉しい。

涙が零れ落ちそうになる。それをグッと堪えながら、涙声で言う。

「会ってないよ？」

「そう……なのか？」

「うん。黒髪の彼が今、どんな容姿かも知らないし。そもそも、ここに来るかもわからなかったんだから。弟が、ここの卒業生でね。今日は実行委員をしているの。そのつてを使って黒髪の彼を探そうかと思ってここに来たんだけど……」

「これから探すつもりなのか？」

彼の目が不安そうに揺れる。そんな遊佐の顔、私は今まで一度も見たことがなかった。

また一つ彼の知らない顔を知ることができて、嬉しくなる。

首を横に振り「探さないよ」と言った。

眉間に皺を寄せて怪訝そうな表情を浮かべる彼をソファーに座らせ、私もその隣りに腰を下ろす。

「私の初恋は高校一年生のとき。この前、遊佐にぽっちゃりだったときの写真を見せたでしょう？　ちょうどあの頃だったわ。近くの男子校に通う、大人しそうだけど優しい男の子に恋したの。いつか告白しようと思ってダイエットを頑張っていたんだけど、急に卒業まで一度も会えなくなっちゃったの。宙ぶらりんなままになっちゃってね。私の中で消化不良だったから、今の今まで拗らせていたんだろうなぁ」

あの頃のことを話しても、胸が疼くことはない。それが嬉しかった。

何より、遊佐に聞いてもらえたことで、過去のことなのだと再認識したのかもしれない。

「どうして会えなくなったんだ？」

静かに私の話に耳を傾けていた彼が、尋ねてきた。

どうしてだろうね、と曖昧に笑ったあと、黒髪の彼と初めて言葉を交わした日を思い出す。

「私、電車通学をしていたんだけど。彼が一度、痴漢の冤罪にあいそうになったの。それを助けたあとから……二度と会えなくなった」

「……」

「私と会うとそのときのイヤなことを思い出すから、会いたくなかったのかも。それか、私の気持ちに気がついて会いにくくなったのかもしれない」

彼の隣りに、いつか立つ。それだけを夢見てダイエットに励んだ、あの日々。

ダイエットには成功したが、恋は成就《じょうじゅ》しなかった。それどころか、容姿が変わったことにより男性たちの態度が一変。そのことに理不尽と怖さを感じたのだ。

辛い過去を思い出して苦しくなることは今まで何度もあった。だけど、今は隣りに遊佐がいる。

彼がこの一件をすべて過去のモノにしてくれたから、私はもうきっと大丈夫だ。

話を聞いてくれたお礼を言おうとしたが、彼が私の手をキュッと握ってきた。言葉を咄嗟に呑み、彼を見る。

彼は、何かを確信しつつあるようにも見える。硬かった表情が、穏やかで愛しさを含んだものに変化していた。

「違う」

「え？」

遊佐の優しい眼差しに、胸が異様に高鳴ってしまう。

「結愛の初恋の男は、お前に会いたくて仕方がなかったはずだ」

「遊佐？」

「毎朝電車で見かける彼女がかわいくて、一目見るだけでドキドキしていたんだ。そんな彼女に助けられて……男として、自分が情けなかった。だからこそ誓ったんだ」

黒髪の彼の心情を語るように、遊佐は熱い眼差しで私を見つめてくる。

もしかして、まさか。そんな感情がグルグルと脳裏に渦巻いている私に、彼は昔を懐かしむように目を細めた。

「かわいい彼女に似合う、男らしい男になってやるって」

「……っ」

「まずは外見からだと思って、電車通学を止めて自転車通学に切り替えて片道十キロの道のりを走ったり、筋トレしたり。背をとにかく伸ばしたかったから、食事にも気をつけた。夏休みの間に一気に背が伸びて、これなら彼女に声がかけられる。あのときのお礼を言ったら、付き合ってほしいとお願いするんだ。そう思って二学期に電車に乗り込んだんだけど、卒業まで一度も彼女と会うことができなかった」

「遊佐……」

「愕然としたよ。もう、あの子に会えないんだって。恥ずかしがらずに、あのときに彼女の連絡先を聞いておけばよかった。変な意地やプライドなんか捨てて、ありのままの自分で彼女にぶつかっていけばよかった。そんなふうに、ずっと後悔していた」

一息置いたあと、遊佐は「なぁ、結愛」と声をかけてきた。

「俺は前に言ったよな？　結愛が写真を見せてきたとき。高校入学時のかわいい結愛に恋していた男は必ずいるって」

「っ！」

「俺は、ずっとあの頃の結愛に恋をしていた」

「遊佐」

「俺は、ずっとずっと結愛が好きだった」

高校一年の私が恋をしていた黒髪の彼が、まさか遊佐だったなんて。

驚きと嬉しさがごちゃ混ぜになり、心が落ち着かない。

涙が零れ落ちて仕方がなかった。

嘘だと思った。だけど、嘘じゃない。それを、彼は必死に伝えてくれる。

嬉しいなんて言葉じゃ片付けられないほど、身体中から彼への気持ちが溢れ出てきた。

「結愛」

遊佐は私に両手を広げてくる。こっちにおいで、そんな表情で私を見つめていた。

私はその腕の中に、迷いなく飛び込む。

「私、初恋にさよならするために黒髪の彼を探しに来た。だけど、ここに来てすぐにわかったの。私の拗らせた初恋はとっくに過去になっていたんだって」

「結愛」

「だって、黒髪の彼のことを探しているつもりだったのに。遊佐に会いたくて会いたくて仕方がなかったんだから」

「え……？」

「私……、遊佐が好き。今の遊佐が好き……っ！」

泣きじゃくる私の背中を撫でながら、彼は優しく声をかけてくる。

「前に俺も初恋を拗らせていたって話したこと、覚えているか？」

覚えている。小さく頷くと、彼はゆっくりと頭を撫でてきた。

「入社式の日、俺は心臓が止まるかと思ったぞ？　初恋の女の子が同期として現れたんだからな。それも、すっかり大人の色気を纏った女性になっていて。俺をどうしたいんだって本気で思ったな」

当時を懐かしむように、彼は目を細めた。

「もう会えない女の子に未練タラタラな自分がイヤで、何人かと付き合った。だけど、結局長続きしなくて。結愛に再会するまでずっと初恋を拗らせていた。だけど、大人になった結愛に会って、再び恋に落ちた。だから、俺の今の恋は人生で二度目の恋だ」

どんな顔をして言ってくれているのだろう。彼の顔を見たい。

ゆっくりと彼の顔を見上げる。視線と視線が絡み合うと、彼は綺麗な笑みを浮かべてきた。

心臓が止まりそうになるほどドキッとした。そのせいで涙がようやく止まったのだが、今度は恥ずかしくてどうしようもなくなる。

そんな私の心情などお見通しの遊佐は、涙で濡れた頬にその大きな手のひらで触れてきた。

擽ったくて目を細めながら、私は唇を尖らせた。ちょっとだけ、面白くなかったからだ。

「入社式の日、私のことに気がついたのなら、言ってくれればいいのに」

「言えるわけがないだろう？　あの頃と今の俺では全然見た目が違っていたし。冤罪になりそうなところを助けてくれてありがとうございました、なんて言える訳ないだろう？」

「そう？」

「そうなの。なけなしの男のプライドだ」

反対に遊佐が唇を尖らせてふて腐れた。なんだか、その表情がかわいい。

小さく笑うと、彼はムスッとした表情のまま愚痴を言い出す。

「それに、俺のこと全く覚えていない結愛に打ち明ける勇気もなかったしな」

「遊佐……」

「今の俺を好きになってもらいたくて虎視《こし》眈々《たんたん》とお前を狙っていたときに、初恋を拗らせているっていう話を聞いてさ。どこのどいつが結愛の気持ちをずっと縛り付けているんだよ！　って怒りが込み上げてきた。それでも結愛のことが好きで……。いつか初恋の男を忘れる日が来るのを待っていた。長期戦覚悟で、結愛のこと狙っていたんだぞ？」

茶目っ気たっぷりにほほ笑まれても困ってしまう。

目を泳がせて慌てる私を笑ったあと、確認するように聞いてくる。

「でも、結愛の初恋の男。それは、俺だったってことだよな？」

「……うん、そういうことになるよね」

「遠回りしたよなぁ、俺たち」

「あはは、本当よね」

なんだかおかしくなってクスクスと笑い出してしまう。

私の初恋の相手と、現在大好きな人が同一人物だったという奇跡がただただ嬉しかった。

ふと繭子の一件が脳裏にチラついたが、忘れておこうと気持ちを押し込める。

今はただ……。彼と両思いになったことだけを考えていたい。

「ねぇ、遊佐」

彼の耳元に唇を近づけて、小さく、だけど気持ちをしっかり込めて伝えた。
大好き、と――。

7

「まぁ！　貴女が亮磨の初恋の女の子なの!?　会えて嬉しいわぁ」

感慨深いわぁ、と手放しで喜んでくれているのは、緒方家の遠縁にあたるという品のいいおばあさまだ。

ニコニコとほほ笑む彼女は物腰柔らかい。マダムという言葉がピッタリ合う、素敵な女性である。

「私のことは、おばあさまとでも呼んでくれればいいわぁ。亮磨なんて、ばあちゃんって言うのよ？　だから、おばあさまって呼ばれるのに憧れているの」

うふふ、と永遠の乙女のように頬を赤らめて言われたので、彼女のことはおばあさまとお呼びすると約束した。

突然の訪問だったのに、彼女は本当に嬉しそうに目尻にたっぷり皺を寄せてほほ笑んでくれる。

こんなに大歓迎してくれるとは思わず、私はただただ驚いて目を丸くした。

男子校の記念式典が行われていたホテルのロビーで、ようやく長すぎる初恋にピリオドを打ち、新たな恋として歩むことを私たちは決めたのだ。

元々は用事が済んだら遊佐に告白をするつもりだったのだが、それも必要がなくなった。

そんな私に彼は「それじゃあ、今日はこっちで泊まろう」と言い、承諾した私だったが、まさか彼が昔お世話になっていたという遠縁の親類のお家に来ることになるとは思っていなかった。

そのお家というのがとても立派で、二度見してしまうほど。

山の中腹にある広大な土地には、お屋敷と呼ぶにふさわしい佇まいの建物が。

門扉を抜けると、そこには広々とした日本庭園があった。

奥へと歩みを進めると、歴史ある高級旅館を彷彿させるような格調高いお屋敷がある。

そのお屋敷こそが、遊佐の遠縁の親戚——おばあさまが住んでいるお家だ。

旅館みたい、とボソッと呟いた私に「本当にここ旅館だったみたいだぞ」と遊佐が説明してくれた。

なんでも、有名高級旅館を買い取ったというのだ。

旅館の跡継ぎが見つからず、かといって見ず知らずの他人に受け渡したくない。

そんな旅館の女将の気持ちを汲んで、おばあさまがここを買い取ったという話だ。

スケールの大きな話で目が点になってしまったのは言うまでもない。

個人が住みやすいように改築したお屋敷は、とにかく広くて赴きがあって素敵である。

広い玄関に上がると、数名のお手伝いさんが出迎えてくれた。その時点でも度肝を抜かれてしまった。

この屋敷の主であるおばあさまは、きっと只者ではないはずだ。

「さぁ、さぁ！　お茶にいたしましょう」

そう言って私の手を引いて中へと連れていこうとする、おばあさま。

驚きと戸惑いで遊佐に視線を向けると、彼は苦笑いをして一つ頷いた。

どうやら、遊佐は彼女に頭が上がらないらしい。

やんちゃ坊主が唯一言うことを聞く相手。遊佐とおばあさまはそんな関係のようだ。

彼がなんだか子供のように見えて、私は小さく噴き出す。

おばあさまに促されて応接間へと入り、そこで美味しいお茶をいただきながら遊佐のこれまでのことを教えてもらった。

遊佐がこの土地にいたのは、彼が高校生の間だけだったようだ。

なんでも、彼の弟である拓也は身体が弱く、空気のいい環境で生活した方がいいと医師に勧められたことがきっかけでこの地に兄弟二人でやってきたという。

彼らの母親は、オンジェリックの社長を務めている。そして、父親は副社長だ。

仕事で忙しくしていた二人は、拓也に付き添ってこの土地に来ることができなかったらしい。

母親である社長は最後の最後まで自分が行くと言っていたらしいのだが、それを遊佐が「俺が付き添うから心配しなくていい」と拓也の付き添いとしてこの家へと移り住むことになったようだ。

拓也が手放しで遊佐のことを褒めちぎって尊敬しているが、彼に守られていたという認識があるからなのだろう。

兄弟愛を目の当たりにし、話を聞いただけでほんわかとした。

そして、高校時代の遊佐の話に流れていく。

本人からも、身体を鍛えたということは聞いていたが、かなりの努力をしたようだ。

片道十キロの道乗りを自転車通学と言っていたが、この山から通っていたのだから相当なものである。

偏食気味だったのに、栄養学を勉強して自分の健康管理をし始め、その影響でグングンと身体が大きくなっていったらしい。

それを目の当たりにしていたおばあさまは、ビックリしたなんてものじゃなかったようだ。

「本当に驚いたのよ。いくら成長期とはいえ、こんなに見違えるほど変わるとは思わなかったもの」

「俺も自分でビックリした」

遊佐も肩を竦めて笑ったが、本当に変わったと思う。

黒髪の彼は、身長も私より低くてヒョロリとした体型だった。

今では私よりかなり背が高く、身体もがっしりしていて逞《たくま》しい体躯だ。

これでは、黒髪の彼と遊佐が同一人物だと気がつくのは難しいだろう。

それを遊佐に指摘すると、フフッと懐かしむように目を細めて笑った。

「俺は結愛を入社式で見かけたとき、すぐに気がついたぞ？」

「え？」

「最初はかわいい子がいるなぁ、と思ったんだけど、すぐに俺を助けてくれた女の子だって気がついた。慌てて名前を確認して、やっぱり間違いないって。あの頃もモモって呼ばれていたしな」

蕩けてしまいそうなほど、甘くほほ笑む遊佐を直視できない。

そのときに、遊佐が高校時代のことを私に伝えてくれていたらとも思う。

だけど、遠回りしたからこそ、私は黒髪の彼ではなく遊佐を好きになったのだ。

これでよかったのだろう。

ニッコリとほほ笑み合っている私たちを見て、おばあさまは擽ったそうにほほ笑む。

「この子、結愛ちゃんに出会ってから本当に変わったのよ。体型はもちろんだけど、考え方なんかも……とっても前向きになったしね」

黒髪の彼は、確かに大人しい雰囲気だった。

彼を冤罪から救ったときに初めて声を聞いたが、か細くボソボソと声も小さかった覚えがある。

おばあさまはカップを持ち、一口紅茶を飲む。

「亮磨は元々引っ込み思案なところがあって、高校でも同級生となかなかなじめなかったみたいなんだけど。貴女と出会ってからは、亮磨は亮磨なりに自分を変えようと頑張っていたのよ」

「そうなんですね」

「ええ。人との関わりを極力避けていた子が、積極的に人と接するようになったの。

だから、この子の母親なんて結愛ちゃんのこと〝亮磨の救世主〟とか〝運命の女神〟とか言っていたわね」

思い出したようにクスクスと笑いながら教えてくれたが、こちらが恥ずかしくなってしまう。

あの頃の私は、とても女神なんて風貌じゃなかった。それに救世主なんて大層なものでもない。

とんでもない、と手を振って否定をしたが、おばあさまはゆっくりと首を横に振った。

「ありがとう、結愛ちゃん。亮磨は貴女と出会ったことで、自分の殻《から》を破ることができたんだと思うわ」

「おばあさま」

「だから、私は誰がなんと言おうと結愛ちゃんが困っていたら助けてあげたいと思っているわ。何かあったら、私に相談してちょうだいね」

身に余る光栄だが、そう言ってもらえて嬉しい。

ありがとうございます、とお礼を言うと、おばあさまは遊佐をチラリと見てニヤリと意味深に口角を上げる。

「貴女に恋する高校生の亮磨、かわいかったわよ」

遊佐が慌てて話を止めようとしたが、彼女は素知らぬふりをして続けた。

「おい、ばあちゃん！」

「急に色々張り切りだしたから、どうしたのかと思ったら。好きな女の子がいるから頑張りたい、って。男らしくなりたいんだけど、どうしたらいいかって言い出して」

顔を真っ赤にしている遊佐を見て、彼女はニシシと意地悪く笑う。

その様子を見ても、二人はとても仲がいいことがわかる。とっても、ほほ笑ましい。

ニコニコと笑っていると、遊佐は私に八つ当たりをし始めた。

「何を笑っているんだよ、結愛は」

「ん？　遊佐が、かわいいなぁって」

「あのなぁ……もう、勘弁してくれよ」

ガックリと項垂れる彼を見て、声を上げて笑ってしまう。

彼とのこんなやり取りは、実は久しぶりじゃないだろうか。

ここ最近はゴタゴタしていたから、尚更こういうやり取りが愛おしい。

おばあさまはふぅとため息を零しながら、頬に手を当てる。

「結愛ちゃんと会社で再会したって聞いていたのよ。なのに、この子ったらグダグダと……」

「あのなぁ、ばあちゃん」

「一気にモーションかけなさいって言ったのにね。こんなにかわいい子、他の男に取られたらそれこそ泣いても泣き切れなかったわよ？」

ハラハラして仕方がなかったと再びため息を零すおばあさまに、遊佐はむきになって反論する。

「仕方がないだろう？　ばあちゃん。結愛は、初恋の男が忘れられないって言うからさ。そんな子を無理矢理かっ攫《さら》うことはできなかっただけ。少しずつ少しずつ包囲網を狭めてだなぁ」

遊佐は遊佐なりの理論を繰り広げようとしたのだが、それをおばあさまはうるさそうに手をヒラヒラさせて止める。

「だから、そこが情けないって言っているの。初恋の男なんて忘れさせるぐらい攻めて、攻めて、攻めまくらなくちゃ！」

おばあさまは、この話になると白熱してしまうらしい。遊佐が私にそう耳打ちして、苦笑いをした。

私と遊佐が仲睦まじい様子を見せると、おばあさまは目に涙をうっすらと溜めて本当に嬉しそうに何度も頷く。

「でも、こうして二人が長い時を越えて一緒にいるということは、ご縁だったんでしょうね」

そうなのかもしれない。

傍《かたわ》らに座る遊佐に視線を向け、この縁を大事にしたいと心から思う。

そのあとも昔話に花を咲かせ、気がつけば夕ご飯までごちそうになってしまった。

今から向かえば、なんとかギリギリ新幹線で帰ることができるはず。

遊佐が今日は帰らずこっちで泊まろうとは言っていたが、さすがにおばあさまのお宅でご厄介になるのは申し訳なさすぎる。

そう言ったのだが、おばあさまは縋るように私の手を握って懇願してきた。

「結愛ちゃん、今日は泊まっていって。ここまで来て疲れているでしょう?」

うるうると目を潤ませて見つめてくるおばあさまを見てしまうと、何も言えなくなってしまう。

だが、相手は遊佐の遠縁の親戚とはいえ、私にとっては今日会ったばかりの人だ。

お夕飯までごちそうになり、その上泊まるなど申し訳なくてできない。

「えっと、実家……。そう、実家がすぐそこなので。実家の弟に迎えに来てもらいますから」

遊佐まで一緒に「ここに泊まればいい」などと言いだしたが、さすがにそこまで甘えられない。

丁重にお断りしようとしたのだが、遊佐とおばあさまは諦めてくれないようだ。

「それなら、ここで弟に電話をしろよ」

「え？　ここで？」

どうして二人の前で弟に電話をする必要があるのか。

首を傾げる私に、彼はどこか意味深な笑みを浮かべて「とにかく電話をしろ」と言うので、仕方なく電話をかけることにした。

数回の呼び出し音のあと、貴之が電話に出る。

『姉ちゃん？　メッセージ見た。よかったな』

「あ、うん」

記念式典の会場から出たあと、貴之に何も言わずに出てきてしまったことを思い出して、タクシーに乗ってこのお屋敷に着くまでの間にメッセージを送っておいたのだ。

遊佐とのこと、そして初恋の彼のこと。掻い摘んだ内容をメールにしたためたのだが、そのことを喜んでくれているのだろう。

貴之にも、ずっと心配をかけていた。だからこそ、彼の祝福に涙が出てきそうになる。

だが、感動はそこまでだった。

実家に帰りたいから迎えに来てほしい、と頼んだ結果、耳を疑う答えが返ってきたのである。

『え？　なんで？』

「え？」

『初恋の男が、今カレになったってことだろ？』

「ま、まぁ……うん」

改めてそう言われると、なんだか恥ずかしい。

お互い想いは通じ合ったばかり。付き合うことになるとはいえ、彼氏彼女だと人に言われるとドキドキする。

改めて遊佐が彼氏になったんだと実感して照れてしまう。

モジモジしながら言うと、貴之は『じゃあ、問題ないだろう？』とあっけらかんとした口調で言う。

『彼氏んとこに泊まらせてもらえば。母さん、姉ちゃんの彼氏のこと大絶賛しているし。逃げられないようにしっかり捕まえておけって言ってる』

確かに電話の向こうから、お母さんの興奮した声が聞こえてくる。

「え？　ちょ、ちょっと待って」

迷惑がかかるから、と言うのだが、貴之は私の話など聞き流す。

『泊まっていいって言われているのに、遠慮しすぎるのも問題じゃねぇの？』

「うっ……」

そう言われると何も言えなくなる。

言葉に詰まっていると、スマホを遊佐に奪われてしまった。

「ちょっと！　遊佐!?」

目を丸くして驚いていると、彼は人差し指を立てて「シーッ」とジェスチャーをしてくる。静かにしていて、ということらしい。

一瞬で口を噤んだ私だったが、彼が貴之と話しだしたのを見て狼狽えてしまう。

「こんばんは、初めまして。緒方亮磨と申します。結愛さんの弟さんですか？」

「遊佐ってば！」

彼のジャケットを掴んで見上げたが、心臓に悪いぐらい魅惑的な笑みをしてくる。ドキッとしすぎて、言葉が出てこなくなってしまった。

何も言えないままの私を見下ろし、彼は目を細めて幸せそうにほほ笑む。ズキュンと確実に私のハートを打ち抜いてきた。私の顔は今、真っ赤に染まっていることだろう。

抵抗を止めない私を余所《よそ》に、遊佐は貴之と電話を続けている。

貴之が彼に何を言っているのか。とても気になるが、残念ながら声はこちらに届かない。

ヤキモキしていると、遊佐は朗《ほが》らかに笑った。

「ははは。もちろん大事にします。……ええ。また、いずれご実家にはお邪魔させていただこうかと」

何か聞き捨てならぬ言葉を聞いた気がする。私が瞠目《どうもく》しているうちに、会話を終わらせようとしていた。

「はい。では、結愛さんをお預かりいたします。……え？　あはは、ありがとうございます」

では、と言うと通話を切ってスマホを私に手渡してくる。

「結愛の弟からの許可は出た。安心して今日はここに泊まれよ」

あのねぇ、と反論しようとしたのだが、いち早くおばあさまが手を叩いて喜び始めてしまった。

「あらぁ、嬉しいわ」

「えっと、あの……」

未だに戸惑い続けている私を見て、おばあさまは有無を言わせないという圧さえ感じる笑みを浮かべてきた。

「うちは元旅館だった建物なの。だから、部屋数だけはたっぷりあるのよ」

「は、はぁ……」

「だから、なーんにも気兼ねしなくていいのよ」

ニッコリと人のよさそうなほほ笑みを向けられてしまうと、これ以上は断るのも失礼にあたるのかもしれないと思い至る。

チラリと隣りに立つ遊佐に、視線を向けた。

本当におばあさまの言葉に甘えてしまっていいのだろうか。そう目で問いかけると、私が考えていることがわかったのだろう。

唇に笑みを浮かべて頷く。

「ばあちゃんは言い出したら聞かないんだ。だから、結愛が折れてあげてくれ」

そんな遊佐の言葉を聞いて、おばあさまは唇を尖らせた。

「あら、そういうこと言うのね？　私は恋人になりたてで浮ついている亮磨を思って結愛ちゃんを誘ってあげたのに」

「本当か？　結愛が気に入ったから、少しでもここにいてほしいと思ったんだろう？」

「うふふ」

笑ってごまかしている様子を見ると、遊佐が言っていることも正しいということなのだろうか。

これだけ熱烈に歓迎してくれて嬉しい。それが正直な気持ちだ。

「図々しいとは思うんですが……。お言葉に甘えてしまってもいいでしょうか？」

おばあさまに伺いを立てると、彼女は目をキラキラさせて大きく何度も頷いた。

「もちろんよ。うふふ、嬉しいわ」

「では、ご厄介になります」

「厄介なんて！　こちらこそ、引き留めてしまってごめんなさいね」

「とんでもないです」

顔の前で手を振る私に笑顔を見せ、おばあさまは遊佐に鍵を手渡した。

「はい、亮磨。これ、鍵ね」

「ああ、離れか」

「そうよ。大事なお客さまに泊まっていただくお部屋ですもの！」

とても張り切っている様子のおばあさまは、私を振り返ってリビングから見える日本庭園を指差す。

「ここは昔旅館だったってお話ししたでしょ？　旅館だったときに、一番人気があったお部屋が今もあるの。それが、離れの部屋。なんと露天風呂もあるの。大事なお客さまがお見えになったときに使っていただくために、ちゃんと手入れはしているの」

「私が使ってもいいんですか？」

「もちろん！　結愛ちゃんは、大事なお客さまですもの。今日は疲れたでしょう？　ゆっくり休んでね」

「ありがとうございます」

おばあさまに見送られて、遊佐とともに離れの部屋に向かう。

そこは母屋から少し離れた場所にあり、別世界なのではないかと思うほど母屋とは違った趣《おもむき》がある。

しっかりと定期的に手入れをしているのだろう。

細部の至るところまで磨かれてあり、今も旅館として使われていると言われたとしても納得するほどの完璧さだ。

古民家風のその離れの周りは枯山水の庭に囲まれており、静寂に包まれていた。

「こっちだ、結愛」

遊佐は鍵を開け、私を離れに招き入れる。

ここに来る間も私の手を離さなかった彼だが、離れに入ってからも私の手を離そうとはしない。

こんなふうに、彼と手を繋ぐことなんて今までなかった。

だからこそ、今の私たちの関係が変化したことを否応なく感じる。

静まり返っている離れの部屋は、私と遊佐の二人きりだ。

先程から……いや、記念式典が行われているホテルに現れたときから、彼はいつもとは違う雰囲気を纏っている気がする。

とにかく甘い。蕩けてしまうのではないかと心配になるほど、視線も声色も甘い。

その甘さにあてられて、どうにかなってしまいそうだ。

チラリと隣りを見上げると、私の視線に気がついたのか。彼が目尻を下げて相好を崩す。

その表情があまりに私を甘やかしているようで、鼓動が知らず知らずのうちに速くなってしまう。

慌てて視線をそらすと、頭上で小さく笑い声がした。
その声を聞いて、ますます鼓動が速くなってしまいそうだ。
私にとって、遊佐は色々な意味で〝初めて〟の人である。
初恋も、本気で好きになったのも。手を繋いだのも、キスをしたのも、そして——
抱きしめ合ったことも。
悔しいほど、遊佐でいっぱいの私の恋愛遍歴。
きっと、これからもっと私にとって彼は特別な人になっていくのだろう。
そう思うと幸せな気持ちが込み上げてきて、どうにかなってしまいそうだ。
彼とこうして二人きりになることは、今までだってたくさんあった。
だけど、どうしても初めて彼と一夜を過ごした日を思い出してしまう。
同時に、あの夜の再現をしたいと願ってしまいそうになった。
羞恥で身体を焦がしてしまいそう。
あの夜と同じで、遊佐があまりに甘い空気を纏っているせいだ。
なんとなく居たたまれなくなってしまい、私はわざと明るい声を出す。
「ここまで送ってくれてありがとう」
遊佐はこのあと、母屋に戻る。そう思っていたのだが、遊佐の纏っている空気が一変したことでそれは間違いだったのだと気がつく。

「何を言っているんだ？　結愛は」

繋いでいた手を離し、今度は私を抱き寄せてきた。

彼の腕の中に導かれ、私の頬は彼の胸板に押しつけられる。

トクトク——。彼の鼓動が響いてきた。

それだけ彼に近づいているのだと意識して、また一つ大きく胸が鳴る。

「今日、俺は結愛と一緒にこの離れで寝るつもりだけど？」

「……え？」

ゆっくりと腕の中から、彼を見上げる。

ビックリしすぎて返事が遅れた。だが、すぐにこの状況に慌て始める。

遊佐と二人きりで、この静かな離れで過ごすというのか。想像しただけで、胸が高鳴ってしまい絶対に眠ることなんてできそうにもない。

考えただけで、無理。絶対に無理だ。

「そ、そんなの……無理だよ、遊佐」

私から情けない声が飛び出した。それを聞いて、彼はフフッと意地悪く笑う。

「どうして？」

「どうしてって……」

それは恥ずかしいからだ。好きだから意識してしまうし、何よりあの夜のことを思い出してしまう。

顔から火が出てしまいそうなほど恥ずかしくなり、慌てふためいてしまう。

そんな私の耳元で、彼は情欲的な声で囁いてくる。

「二人きりで夜を過ごすのは、初めてじゃないだろう？」

「っ！」

遊佐も、あの一夜を思い出しているのだろう。囁いたときに、耳元にかかった吐息が熱かった。

抱きしめられている腕、彼の体温、息づかい。すべてが、あの夜の記憶に繋がってしまって身体が疼いて熱を持ってしまう。

「初めてじゃない、けど……」

「じゃないけど？」

「……」

そう、彼が言うように初めてじゃない。

だから、どうしてそんなに挙動不審になってしまうのか。問われても仕方がないかもしれない。でも──。

「……初めてじゃないけど、初めてだし」

「え？」

「この前は、酔いの勢いもあったし。何より──」

「結愛？」

遊佐が不思議がって聞いてくる。私の顔を覗き込んで、首を傾げてきた。

そんな彼を直視できなくて、私はソッと視線をそらす。

「遊佐のこと。本当に好きだってわかってからは、初めてだもん」

自分は何歳だ、と突っ込みたくなるが、思わずかわいらしく言いたくなってしまった。

彼の前では、かわいい女でいたい。そう思うからこそ、甘えた声になってしまう。

あの一夜の時点で、無意識のうちに遊佐を求めていたんだと思う。

そうでなければ、これだけ男性に対してトラウマを抱き続けてきた私が遊佐と一夜を過ごそうとは思わなかっただろう。

潜在的に、私は遊佐を求めていた。彼に心を許していた。

結局、最初から私は遊佐に心を奪われていたのだ。

同期で兄のような存在で、ビジネスの場ではいいライバルで。そんな素敵な相手、一生かけて探しても遊佐以外見つからない。それだけは、断言できる。

頬を真っ赤に染め上げていると、彼は私の頭をゆっくり撫でながら懇願してきた。

「ようやく……。本当の恋人になれたのに。今、結愛と離れたくない」

「え？」

私の髪を弄《もてあそ》びながらも、その指はとても優しい。

「お前は、ずっと初恋の男が好きだった。そして、その初恋の男は俺だった。そうだよな？」

「うん」

小さく頷くのを確認したあと、遊佐は私の髪を一房手に取った。

「俺は、初恋の男を超えることができたか？」

「え？」

目を丸くして彼を見つめる。そこには、少しだけ不安な色を滲ませた瞳があり、私をジッと見つめていた。

「俺は、昔の俺より今の俺の方がいい。結愛にそう思ってもらいたい。いや、思っていてほしい」

不安な色から、今度は真摯で情熱的な瞳に色が変わる。

「今の俺が好きだって言えよ、結愛」

「っ！」

そんな煽情的な声でお願いされたら、ドキドキしすぎて苦しくなってしまう。

それなのに、私に遊佐のことをもっと好きにさせようとしてくる。

「初恋の男には弱みは見せられないけど、俺には見せることができるだろう？」

その通りだけど。なんだか私一人がドキドキさせられている、この状況が面白くない。

唇を尖らせて、冗談っぽく悪態をつく。

「アルコール入ったとき限定よ？」

「それでも、昔の俺には勝っているはずだ」

どちらも遊佐に違いないのに、張り合っている彼がなんだかかわいい。

小さく笑みを零すと、なぜか彼は自信がありそうに言う。

「今の結愛を見て、俺は過去の自分に勝っていると自負している」

「え？」

「俺が欲しいって顔、しているから」

「っ！」

否定はしない。遊佐が言っていることに、間違いはないから。

初恋の男の子――黒髪の彼じゃなく、遊佐はずっと私の傍にいて、そっと寄り添ってくれていた。

ピンチのときには駆けつけてくれる、今の遊佐が好きだ。

ビジネスの場では、ダメだしだって容赦ないし、キツイことも言ってくる。

だけど、その言葉の数々は、全部私への愛情だって知っていた。

そして、彼の根本にある優しさは、高校生だった彼と一緒。

見た目はすっかり変わってしまったけど、もし……もしも、彼が今のように誰もが見惚れてしまうほどのイケメンじゃなくたって、大企業の御曹司じゃなくたって彼を好きになっていただろう。

遊佐の瞳には、常に優しさが秘められている。何度も、私は彼に恋をするはずだ。

彼のジャケットをキュッと握りしめ、私は本音をこっそりと告げる。

「うん、私……遊佐が欲しい」

「結愛」

「私は、遊佐が好き。今の……私の目の前にいる貴方が好き」

彼にすり寄ると、ゆっくりと腕が解けていく。

もっと触れていたかったのに。そんな私の本心なんてお見通しの遊佐は、私の顎を掴み噛みつくようなキスを仕掛けてきた。

息つく暇もないほど、情熱的で深く重ね合うキスに目眩を起こしそうだ。

身体が、思考が、心が——蕩けてしまう。

トロンとして視点が定まらない私を見て、彼の目に艶めいた光がゆらりと宿った。

また、いつもとは違う彼の一面を見た気がする。

ドクン、と一際高鳴る胸の鼓動に気を取られていると、身体がフワリと浮く。

「え？　ゆ、遊佐？」

視線が一気に高くなり、すぐ傍には遊佐の端整な顔があって息を呑んでしまう。

色気の際立つような表情で見つめられ、何も言えなくなってしまった。

口を噤んだ私を見て、彼はフッと表情を緩めてほほ笑む。だが、その顔は直視できないほどになまめかしい。

先程から心臓が壊れてしまうのではないかと心配になるほどドキドキしている。

それだけ目の前の彼に、やられてしまっているのだ。

戸惑う私に、彼は妖しげな空気を纏って唇に笑みを浮かべた。

「結愛」

「……何？」

彼が情欲を滲ませた声で私の名前を呼ぶ。そのことに気がついたが、私は敢えて何もわからないふりをして首を傾げる。

小さく笑った遊佐は、私を抱え直すと離れの奥へと足を向ける。

「今夜は離さないぞ」

「え？」

「風呂も、寝るときも。片時だって結愛と離れない」

きっぱりと言い切る彼に呆気に取られたが、ジワジワと頬が熱を持つ。

そして、問題発言の数々に目を丸くした。

「離れないって……」

「ああ、離れない」

流し目で言われ、その色っぽさにドキドキして何も言えなくなってしまう。

「恋人同士になって初めての夜だぞ？　大人しく眠ると思っているなら、結愛は甘いな」

「っ！」

障子を足で開けると、寝室らしき部屋へと私を抱き上げたまま入っていく。

行燈《あんどん》のオレンジ色の明かりだけの部屋には、二組仲良く布団がピッタリと並んでいた。

そこに私を下ろすと、すぐさま覆い被さってくる。

「……結愛」

そんな切なそうな目で見つめないでほしい。

ドキドキしすぎて、心臓がいくつあっても足りなくなってしまう。

そんな気持ちを込めて、私は知らず知らずのうちに彼に手を伸ばしていた。

抱きしめてほしい。ギュッと力強く抱きしめて、私の何もかもを包み込んでほしい。

彼は「今夜は離れない」と言っていたが、私だって言いたい。

彼に酔わされてしまった恋心に、今更ストップなんてかけられるはずはないのだから。

「私も離れたくない」

「結愛」

「……離さないで」

脳裏に浮かんだのは、御曹司である彼のこと。繭子との縁談はどうするつもりなのだろうか。

とても気になるが、聞く勇気はない。ただ……今の彼を信じていたい。それだけだ。

（大丈夫。遊佐の言葉を信じているから……）

伸ばしていた手を彼の首に巻き付け、引き寄せた。

「結愛」

私の耳元で、彼は甘く囁く。それだけで、私の名前がとても貴《とうと》いものに感じた。

「愛している、結愛」

「遊佐」

「ずっと、ずっと……言いたかった。もう、これからは――我慢しない」

そう言った遊佐の唇は、私の耳殻《じかく》にキスをして、そして――。

甘く蕩けてしまうような夜を過ごした。


「結愛、どうした？」

「……」

「気分でも悪くなったか？」

余裕な様子で頬を緩める遊佐を、私は思いっ切り睨みつける。

だが、私に睨みつけられた当の本人は痛くも痒くもないといった様子だ。それがまた、悔しい。

ただいま、東京に戻る新幹線の中だ。

おばあさまに「今度はゆっくり遊びに来てね」と見送られて、私たちは帰路についた。

車内では大声を上げて注意もできず、グッと押し黙るしかできない。

泊まるつもりはなかったため、着替えを持たずに地元に帰って来てしまっていた。

今着ている服は昨日着ていたものと一緒だ。

ポートネック襟のシフォン生地のブラウスに、ワイドパンツという装いである。

首元が結構露《あらわ》になっていて、そのことに問題が生じているのだ。

ファンデーションのコンパクトで、自分の首筋を見てため息を零す。

そこには、昨夜の余韻を彷彿させる紅い痕が一つ。

遊佐に愛された印が色濃く残っていたのだ。

それに気がついたのは、新幹線に乗ったあと。遊佐が私の首筋に触れて「いいな、これ。結愛が俺の彼女になったって印みたいだ」と甘く囁いてきたことで発覚したのである。

「何を考えているのよ！　遊佐」

隣りで暢気に缶コーヒーを飲んでいる彼に、声を殺しながら抗議をした。

だが、彼はどこ吹く風だ。いや、どちらかというと嬉しくて仕方がないという気持ちを隠しもしていなかった。

「何を考えているって？　それは決まっているだろう？」

「何よ！」

「結愛のこと」

「え？」

「だから、結愛のこと。それしか考えていない」

「なっ！」

目を剥いて驚く私に、突然顔を近づけてきて頬にキスをしてくる。

慌てて仰け反りつつ、彼にキスをされた頬を手で隠した。

一瞬、何が起きたのかわからず唖然としていた。だが、ニコニコと幸せそうな顔を惜しみもなく曝け出す彼を見て、恥ずかしさが込み上げてくる。

突然のことで何も言い返せず、口をパクパクと動かすのみで言葉が出てこない。

身悶えしてしまいそうなほど恥ずかしいことを言われて、その上外でキスをされた。

「……信じられない」

ちょうど同じ並びには誰もおらず、他人に見られずに済んだはずだ。

（……見られていないと思いたい！）

あとからジワジワと恥ずかしさが込み上げてきて、こんなことをしでかした彼を睨む目は時間とともに鋭くなってしまう。

だが、今の私が睨みつけても怖くもないだろう。こんなに顔を真っ赤にさせていては、説得力にかけるはずだ。

頬に当てていた手を遊佐に掴まれてしまい、キュッと握られる。

それも恋人繋ぎだ。指と指を絡み合わせるその繋ぎ方は、より親密度が高まる気がした。

先程のキスで心臓がやられてしまったのに、これ以上は無理だ。

なんとか逃れられないかと思い、ゆっくりと手を解こうとしたのだがギュッと握りしめられる。

「……信じろよ」

「は？」

「俺は、結愛のことしか考えていないから」

「っ！」

私が言った「信じられない」という言葉への返しのつもりだろうか。

だが、私としては「こんな恥ずかしいことを公衆の面前でするアンタの気が知れない」という意味合いで言ったのに。

どうしてそんなふうに受け取ったのか。ますます私は顔が熱くなってしまう。

「遊佐のバカ」

「お前に関してだけは、バカになっていると自覚はある」

「もうっ！」

これ以上、彼に何を言っても惚気られてしまうだけだ。

諦めて盛大にため息をつくと、遊佐は肩を震わせて笑う。そんな彼を見ていたら、なんだか私までおかしくなってきた。

遊佐とは仲のいい同期、仕事上ではいいライバル。時には、彼のことを兄のように慕っていた。

そんな彼のことを、これからは恋人だと言えることに幸せを感じる。

静かな車内だ。騒いでいたら迷惑になってしまう。

声を出さず、目と目を合わせてほほ笑み合う。そのことにまた、幸せを噛みしめる。

遊佐が耳に口を近づけてきて、「やっぱり、ごめん」と謝ってきた。

「え？」

「キスマーク。かなり目立つかも」

慌ててその部分を手で覆って隠すと、遊佐は繋いでいた手をほどいて結っていた私の髪を解いてくる。

サラサラと首元に髪が落ちてきて、紅い痕は隠すことができた。

「結愛を抱きしめられると思ったら嬉しくて……。だけど、次回からは気をつける」

神妙な顔で謝ってくるので、毒気をすっかり抜かれてしまった。

ビジネス時の彼しか知らない会社の面々が、今の彼を見たらどう思うのだろう。

きっと目を丸くして驚くはずだ。

梶村あたりが見たら、「遊佐さん、どこか身体の調子でも悪いんですか？」ぐらいは言い出しそうである。

それを想像したら噴き出してしまいそうになったが、グッと堪えた。

笑い出しそうになるのを抑え、無表情で彼を見る。

「そうしてください」

だけど、言っている途中でおかしくなって慌てて口を両手で押さえて笑うのを堪えた。

肩を震わせて笑うのを我慢している私を見て、怒っていないと思ったのだろう。

遊佐は、フゥーッと身体から力を抜きながら息を吐く。

「勘弁してくれよ、結愛。お前が不機嫌になったかと思ったから、生きた心地がしなかった」

「大げさよ」

「大げさじゃない。これは、本気で」

再び私の手を握りしめながら、遊佐は真剣な目をして言う。

「結愛が、俺から離れていくなんて考えたくもない。だから、言いたいことがあったら遠慮しないで言ってくれ」

「遊佐」

大丈夫、と言おうとしたが、口を噤む。遊佐が本気で懇願していたからだ。

彼は、オンジェリックの御曹司だと全社員にバレたばかり。そうでなくても皆からの注目は今まで以上になる。

そこにはやっかみもあり、彼にモーションをかけてくる女性の影だってこれからは頻繁に見ることになるのだろう。

それを見て、私が感情を押し殺すであろうことを遊佐は懸念しているのだ。

確かに、そういう場面を見たとしたら、ドロドロとした感情を呑み込むであろうことは想像できる。

ずっと胸の奥に隠して、見て見ぬふりをしていた繭子との一件があるからだ。

遊佐に気持ちを伝えてから、彼女のことを聞こうとは思っていたのだが、この幸せな気持ちをもう少し味わっていたいと思って言い出せなかった。

彼は私が感情を呑み込んでしまうたちだとわかっているから、念のために釘を刺してきたのだろう。

彼の読みは正しかったということだ。

繭子のことは、遊佐に相談していない。そして、縁談が本当に持ち上がっているのかとも聞いていない。

怖くて聞けなくて、そのままにしていたのだが……。彼は、そのことに気がついているのだろうか。

同期として過ごした日々の中で、私の性格を読まれているのだろう。ごまかせないかもしれない。

「遊佐には、なんでもお見通しなのかもしれない」

「結愛？」

「早速だけど、質問していい？」

繋いでいる手をキュッと握り返す。すると、彼は背筋を伸ばし、真摯な目を向けてきて頷いた。

「遊佐は、今年の新入社員の阿久沢さんって知っている？」

「ああ。阿久沢家とは昔から付き合いがある」

やっぱり繭子の言っていたことは、本当だったようだ。

心が重暗く陰る。いずれ、会社のために遊佐は繭子と結婚してしまうのだろうか。

不安で、どうしようもなくなってしまう。

顔を曇らせる私を見て、遊佐は眉間に皺を寄せて訝しがる。

「繭子がどうしたって言うんだ？　アイツに何か言われたのか？」

「……」

「結愛」

口を噤む私に、遊佐は心底困ったように顔を覗き込んでくる。

「言うって、約束しただろう？」

彼と目が合う。揺れる瞳を彼には見られているはず。

隠し事は無理だ。だけど、聞くのは怖い。

彼女との婚約は、家同士で進められているのだろうか。

遊佐が私を好きだと言って求めてくれているのはわかっているから、彼が二股をかけているだなんて疑ってはいない。

だけど、御曹司という立場では、個人の感情を捨てなければならない場面が今後出てきてしまうかもしれない。

躊躇っていると、遊佐に圧力を感じる笑みを浮かべられる。

それを見て、私は早々に白旗を掲げた。

結局気になって仕方がないことでもあるし、もし……万が一、縁談を進めるなんてことになれば、私は失恋確定だ。

二人の未来にも関わってくることだから、逃げてばかりはいられない。

いずれ対峙しなければならない問題に違いないだろう。

私は観念し、先日繭子に急に声をかけられ、宣戦布告をされたことを伝える。

包み隠さずすべてを話し終えると、遊佐は盛大にため息をついた。

「まさか、結愛がすでに耳に入れているとは……」

「遊佐？」

「結愛の耳に入る前に、なんとか決着つけたいと思っていたのに、計算外だったな」

「え？」

「イヤな思いをさせたな、悪かった」

深々と頭を下げた彼だったが、苦渋の色を浮かべている。そのことに一抹の不安を抱いていると、「繭子の言っていることは本当のことだ」と絞り出すように小声で呟いた。

冷静さを取り繕おうと必死になるが、どうしても戸惑ってしまう。

繭子があれだけの啖呵を切ることができるということは、それなりにバックが整っているということなのだろうとは予測していた。

だが、遊佐にそれを肯定されると、胸の奥に不安が重くのし掛かる。

押し黙っていると、遊佐は繋いでいた手に自分の右手も重ね合わせてきた。

「確かに、うちの父親が阿久沢家との縁を繋ごうとしている。何度か俺も打診されてきたが、そんなものは蹴散らしている。それに、今後も受けるつもりは一切ない」

「でも、彼女の父親はうちの会社のメインバンクの頭取。融資の問題とか出てこない？」

遊佐は私のことを大事に思ってくれている。それは、わかっているが、それとこれとは別問題だ。

彼の未来は、オンジェリックの未来と重なっているはずだ。

個人の気持ちだけでは、どうしようもないことも出てくる。現に出ている状態なのだろう。

遊佐は、繭子の手を取らなければならない未来がやってくるかもしれないのだ。

それを考えたら、胸が苦しくなる。彼の手を離したくない。だけど、離さなければ彼が苦しむ。

私は、何を選べばいいのか。きっと悩むことになるだろう。

遊佐は重ねてきた右手で、私の手をゆっくりとさする。そして、まっすぐで真摯な視線を向けてきた。

「その通りだ」

「遊佐」

「だが、それを回避できるように実は水面下で動いている」

「動いているって……」

マーケティングの仕事以外にも、彼はすでに御曹司としての仕事をしているのだろうか。

あれだけ多忙なのに、これ以上仕事を増やしているなんて。

確かにここ最近の遊佐は、常に忙しそうにしていたことを思い出す。

これ以上、無理をしたら遊佐が倒れてしまう。彼との未来が閉ざされるより、そちらの方が辛い。

「ダメだよ、これ以上忙しくしたら――」

倒れてしまうと心配しようとしたのに、彼はニッと口角を上げて爽やかに笑った。

「結愛を構う時間がなくなるな」

「バカ、そうじゃなくて！」

真剣に心配しているのに、からかってくる。思わず涙目になってしまった私の頬に、彼はゆっくりと触れてきた。

「今が踏ん張り時だから、見て見ぬふりをしておいてくれないか」

「遊佐……！」

「ごめん、結愛。今は状況を明かすことはできない。ただ、俺は解決に向けて動いている。だから、信じて待っていてほしい」

「で、でも！」

口を挟まずにはいられない。反論しようとしたが、彼は私をジッと見つめてはっきりと首を左右に振る。

「俺の妻は、俺が決める」

「遊佐」

「そして、結愛にいずれは俺の妻になってもらいたいと思っているから。だから――」

頬に触れていた彼の手は、私の左手に触れてきた。そして、恭《うやうや》しく私の手を掴んで唇を寄せてくる。

彼の唇が触れたのは、私の左薬指だ。

カッと顔に熱が集まって目を泳がせる私を見て、彼は真剣な口調で言う。

「ここに、俺が指輪を嵌めるから。絶対にな」

「ゆ、遊佐?」

「きちんと空けておけよ? 他の男からの指輪なんて絶対に受け取るな。いいな?」

「う、うん……」

涙声になってしまう。これ以上口を開いていたら、嗚咽《おえつ》してしまいそうだ。

キュッと唇を結び、何度も頷く。

彼の指は、何度も私の薬指に触れてくる。絶対に、さっきの言葉を忘れるな。そんなふうに言われているように感じた。

「俺は、絶対に結愛との未来を諦めないから」

「うん……。でも、無理しないでね」

彼を見上げる。必然的に上目遣いになってしまい、そんな私を彼は注意してきた。

「そんなかわいい顔でお願いされたら、無理できなくなるじゃないか」

「べ、別に……そんな、つもりはない……けど」

顔を背けると、彼は私の肩を抱き寄せて耳元で囁いてくる。

「俺のことを信じて、愛していてくれればそれでいい。それが、俺の力になる」

「っ！」

そんな蕩けるような甘い声で愛を囁かないでほしい。

嬉しいけど、どうしたらいいのかわからなくなる。

「言っておくけど、私……遊佐が全部初めてなんだからね」

耳が熱い。身体中が熱い。この熱を発散したいのに、新幹線はまだ東京には着かない。

彼の甘い囁きから逃げることは不可能だ。

「……お手柔らかにお願い、遊佐」

俯《うつむ》いて言うと、なぜか頭上から盛大なため息が。そして――。

「本当……色々片付いたら、覚悟しておけよ?」

なぜか、苛立った遊佐がいた。どうしてだろう。

首を傾げる私を見て、彼は再び息を吐き出したのだった。

8

私が初恋にピリオドを打ち、遊佐との新たな恋に歩み出してから二週間が経った。

正式な恋人同士になった私と遊佐だが、社内では秘密にしている。

内緒のオフィスラブ、なんて甘い理由が原因では残念ながらない。

社食の中央あたり、華やかな声が響いている。そこでは、今年の新入社員たちが固まってお昼を取っていた。

その中心には、もちろん繭子がいる。

お嬢さま然とした彼女だが、意図的に私を陥れようとしているのが丸見えだ。

その証拠に、彼女は自らオンジェリックのメインバンクである國ヶ咲銀行頭取が自分の父だとあちこちに言いふらしている様子。

高嶺の花だと思っていた彼女が、本当にそうだったのかと周りの男性社員たちが落胆しているようだ。

そういった情報は、梶村からもたらされている。

彼はなぜか私と遊佐の関係を薄々感じ取っている様子で「絶対にあの女狐には負け

ないでくださいね！」と激励されてしまった。

どうやら梶村から見て、繭子は女狐と称するほど警戒しなければならない人物ということのようだ。

仕入れてきた情報を、逐一私の耳に入れては心配をしてくれる。

誰にも内緒の恋をしている手前、梶村のように何も聞かずに支えてくれる存在はありがたい。

ドロドロしがちな嫉妬の気持ちにストップをかけることができるからだ。

チラチラと私の存在を意識しながら、繭子は大っぴらに遊佐のことを語り始めた。

彼女は、遊佐との縁談を隠そうともしない。いや、社内に広めようと必死なようにも見える。

それは、私への牽制であり、外堀を埋めてしまおうという作戦なのだろう。

阿久沢繭子は、オンジェリックの御曹司である緒方亮磨と結婚をする。

そういう情報を流しておいて、噂を真《まこと》にしようとしているのだ。

情報を操り、いかに自分が遊佐の婚約者としてふさわしいのか。それを間接的に私に伝えているつもりだろう。

確かに気が滅入ることもある。当然だ。遊佐は私の彼氏であり、これからも一緒に歩んでいきたいと思っている人。その人を、「私の婚約者になる人」と言い回られてはいい気はしない。

彼女から鋭い視線を浴びせられるたびに、ドロドロとした気持ちが溢れ出そうになる。

恋というのは、楽しいだけじゃない。

初めての恋を現在進行形でしている訳だが、それを痛感している。

だけど、どうしてもこの恋は諦めたくない。何があっても手放したくないと思っている。

だから、なんでもないふりをし続けた。それが、私なりの闘い方だ。

絶対に遊佐を諦めない。そして、私からは絶対に彼の手を離さない。それだけは決めている。

もし、彼の将来のために手を離さなければならない。そんな時が来たら、そのときはそのときだ。それぐらい開き直っていなければ、この恋は成り立たない。

それほど、すごい人と恋をしているのだ。

繭子が私に聞こえるように、あれこれ遊佐とのことを話している。だが、それを素知らぬ顔で受け流す。

そうすることで、彼女の自尊心を傷つけているはずだ。私を見る彼女の目は鋭い。

そんな彼女に我関せずという姿勢を貫く。

私なりの防衛であり、攻撃だ。

遊佐は私のことを好きでいてくれる。その自信があるからこそ、背筋を伸ばしていられるのだと思う。

（負けていられない！）

彼女からの射貫くような視線を全身に感じながらも、私は凜と佇《たたず》まいを正すことを心がける。

遊佐が自分の未来を勝ち取るために頑張っている今、私は私で闘わなければならない。

午後からの仕事が始まり、バタバタしているうちに定時を過ぎた午後六時半。

今日はそろそろ帰ろうかと帰り支度を始めていると、スマホに電話が掛かってきた。

ディスプレイを確認すれば、相手は遊佐だ。

スマホを持ち、慌ててオフィス横にあるミーティングルームへと駆け込む。

誰もいないことを確認したあと、電話に出た。

「どうしたの、遊佐。まだ、社内？」

「いや、社外だ」

彼がこんな時間に電話をしてくるのは珍しい。

いつもはお互い帰宅して、一息ついた頃の十時過ぎに電話をするようにしているのに、まだ社内に残っていそうな時間に電話を掛けてくるなんて。

訝しげに答えると、彼は慌てた様子で私に聞いてくる。

『結愛、仕事はもう終わったか？』

「うん、今終わって片付けしていたところよ」

『悪いんだが、今から東京駅に行ってくれないか？』

「東京駅？」

突然のお願いに目が丸くなる。不思議に思っていると、遊佐は困った様子で続けた。

『ばあちゃんが、上京してきたんだ。俺が迎えに行く予定だったんだが、急遽親父に呼び出されて行けなくなってしまった……』

「遊佐？」

言葉を濁した彼は、なんだかいつもと比べると歯切れが悪い。

イヤな予感がしたのだが、それは的中。彼はため息交じりで、今の状況を説明してくれた。

『親父に商談だから同席しろと言われて指定されたホテルに来てみたら……。國ヶ咲銀行の頭取と繭子がいた』

「え……」

まさかの展開に唖然としてしまう。ようするに、遊佐の父親である副社長と國ヶ咲銀行の頭取が、見合いの席を用意していたということだろう。

仕事だと言えば、遊佐が来る。それを見越しての策略だったのだ。

『顔を出すだけでいいと言われていたから、顔を出したらすぐに退散してばあちゃんを迎えに行く予定だったんだが……』

「無理そうってことね」

『ああ、どうしても長引いてしまいそうだ』

彼の声には、どこか疲れの色を感じる。

それも仕方がないだろう。阿久沢繭子との縁談を回避するために、彼は水面下で動いていていて暇などどこ最近なかったのだから。

「大丈夫？　遊佐」

心配になって声をかけると、彼は小さく笑った。

『結愛の声を聞いて元気が出た。まぁ、遅かれ早かれ、無理矢理見合いをさせられることになるだろうとは予想していた。ただ、少し早まっただけだ』

「遊佐……」

『そんな心配そうな声を出すなよ、結愛。大丈夫、しっかりとこの縁談潰してくるから』

「うん……」

遊佐を信じている。だけど、万が一の事態を想像してしまい、どうしても不安が募ってしまう。

押し黙る私に、彼は甘く囁いてくる。

『なぁ、結愛。頑張れって言ってくれ。結愛の言葉を聞けば、頑張れるから』

「……」

ちょっとだけ弱気な声だ。彼ならきっと窮地を乗り越えてくれる。そして、彼もそのつもりだろう。

だが、相手はなかなかな曲者揃いのはず。大企業の副社長であり肉親、そしてもう一人は大手銀行の頭取だ。

一筋縄でいく相手ではない。遊佐でもてこずる相手であることは間違いない。

でも、これを乗り越えるために彼は色々と準備をしてきたはずだ。

今は、彼を信じて応援するしかできない。

暗い空気が立ちこめたことに気がついたのだろう。私を安心させるためか、彼は私を茶化してくる。

『愛している、亮磨。でもいいぞ？』

「もう、バカ！」

遊佐は、ホテルのどこかでこの電話をしているのだろう。

声を押し殺して、小さな声で笑っている。

軽やかに笑ってはいるが、それはきっと私に心配をかけないようにするため。

それがわかっているから切なく、だけど嬉しくなる。

「遊佐」

『ん？』

「……」

『結愛？』

困ったように私の名前を呼ぶ。なんだかそれだけのことなのに、幸せを感じる。

私には何も力はない。今回の縁談について、私ができることなんて何もないだろう。

だけど、一つだけ。彼が望んでいることができる。

「亮磨」

『っ！』

「愛してる」

『結愛』

彼の声が上擦《うわず》った。息を呑む音が聞こえたが、これ以上は無理だ。これでも勇気を振り絞ったのだ。

「じゃ、じゃあ。私、今からおばあさまを東京駅に迎えに行ってくるわ」

早口で捲し立てると、私がどれだけ恥ずかしがり動揺しているのか、遊佐には手に取るようにわかったのだろう。

電話口から彼の忍び笑う声が聞こえる。

『俺も愛してる』

「遊佐」

『なんだ？　もう、いつも通りか？　もう少し俺を甘やかしてくれてもいいと思うけどな』

「……勘弁してよぉ」

ここまでが、私の精一杯だ。顔が熱くなりすぎて、慌てて手で扇ぐ。

私が今、どんな状態なのか。きっと遊佐はわかり切っている。だからこそ、意地悪く笑うのだ。

熱いまま頬が冷めない私に、彼は甘ったるく囁く。

『絶対に、結愛を嫁さんにするから』

「遊佐？」

『これが片付いたら、結婚するぞ、結愛』

「え？　え？　早くない？」

正式に付き合い出したのは、つい先日だ。それなのに、すぐに結婚に踏み出すというのか。

戸惑っていると、彼はサラリとなんでもない様子で言う。

『早いものか。俺はずっとお前に片思いしていたんだ。もう、我慢できないからな』

「……っ」

『首を洗って待っていろよ』

「……全然ロマンティックじゃないんだけど」

これでは、敵同士の宣戦布告のようではないか。文句を言う私を笑ったあと、慌てた様子で早口で捲し立てた。

『悪い。タイムリミットだ』

「遊佐」

『そんな心配そうな声出すな。結愛の声を聞いて、やる気に満ちてきたから大丈夫だ』

「……うん」

『悪いが、ばあちゃんのこと頼んだ』

「もちろん。こちらは心配しないで」

『サンキュ。じゃあ、一丁ぶちかましてくるかな』

じゃあな、と早口で言ったあと、すぐに通話は切れる。そして、すぐさま彼からメッセージが届いた。

おばあさまが乗っている新幹線の到着時刻や、指定席の号車が記載されていた。

それを確認したあと、『こちらは任せておいて』と返信する。

私はミーティングルームを出たあと、オフィスに戻って荷物を手にすると会社を飛び出した。

会社から東京駅までは、電車で二十分ほど。

タクシーで行こうかと思ったが、この時間だと帰宅ラッシュに嵌《は》まってしまうだろう。

おばあさまが乗っている新幹線の到着時刻に間に合わないとマズイ。

この時間の電車も満員だろうが、覚悟して駅へと向かう。

人でギュウギュウ詰めになっている電車に揺られ、人でごった返す東京駅、八重洲口までやってきた。

時計を確認すると、おばあさまを乗せた新幹線が到着するまであと五分ほどだ。

なんとか間に合ったか、とホッと胸を撫で下ろす。

足早に券売機に向かい入場券を購入し、新幹線のホームへと向かう。

ちょうどホームに車体が滑り込んできたところだった。

スマホを取り出し、おばあさまが乗っている号車を確認する。

「10号車ね」

今立っているところから10号車が止まる場所が近くてよかった。

扉はまだ開いていないのだが、中で手を振っている人が見える。おばあさまだ。

プシューッという音とともに扉が開くと、おばあさまが私に向かって歩いてきた。

「結愛ちゃん、こんばんは。この前は、遊びに来てくれてありがとう。とても楽しかったわ」

「おばあさま、こんばんは。その節はお世話になりました」

ペコリと頭を下げると、おばあさまは屈託なく笑う。

「お迎えありがとう、結愛ちゃん。急に亮磨が来ることができなくなったって連絡が来て困っていたの。助かったわ」

「いえいえ、私が遊佐の代わりにお供しますよ」

今後のスケジュールについては何も聞いていない私は、おばあさまに問いかける。

「お荷物持ちますよ。ところで、これからどちらに向かえばいいですか？」

彼女と改札を抜けたあと、タクシーのりばへと向かいながら聞く。

すると、ニッコリと満面の笑みを浮かべた。

「とりあえず、タクシーに乗りましょうか。結愛ちゃん」

「あ、はい」

おばあさまがタクシーに乗り込むと、運転手に向かって行き先を告げる。

数年前に出来上がったばかりのタワーホテルだった。今夜はそのホテルに泊まるのだろう。

うまく渋滞を抜けることができて、思っていたより早くホテルに辿り着くことができた。そのことにホッとする。

長旅でおばあさまはお疲れだろう。早く休ませてあげたかったから、少しでも早く着くことができてよかった。

荷物を片手に、おばあさまについてホテル内へと足を踏み入れる。

だが、彼女の足はなぜかフロントではなく、エレベーターホールに向かっている。

慌ててそのあとについていき、声をかけた。

「おばあさま。今日はこちらに部屋を取っているんじゃないんですか？　まずはフロントでチェックインしないと」

フロントを指差して言ったのだが、おばあさまはフフッと軽やかに笑った。

「大丈夫。私は、このホテルの最上階に用事があるのよ」

「最上階ですか……」

ちょうどエレベーターの到着を知らせるブザーが静かに鳴る。

迷わず入るおばあさまに続く形で、私もエレベーターに乗り込んだ。

おばあさまはとても慣れた様子で、行き先階ボタンを押す。

そのボタンには、レストランの名前が記載されている。どうやらレストランに向かっているようだ。

そこで夜ご飯を食べるつもりなのだろうか。

高層階用のエレベーターは、ものすごい勢いで上階へと向かっていく。

すぐさま目的階に到着したようで、ゆっくりと扉が開いた。

エレベーターを降りると、視界に入ったのは窓の外に広がる夜景だ。

正面は大きなガラス張りになっており、煌びやかな小さな光がいくつも見えた。

かなりの高層階なので、ここから見える夜景も見応えがある。

疑問を抱くこともなく彼女についてきたが、このフロアにあるのはレストランだけ。

それも、ドレスコードがあるような高級フレンチ料理のようだ。

自分の格好を見て青ざめる。

とても高級フレンチ料理に行くような格好ではない。

オフィスカジュアル程度の服装の私では、この場には似つかわしくないだろう。

全く気にしていない様子のおばあさまは、レストランに向かっていくではないか。

私は、慌てて彼女を止める。

「おばあさま!」

「どうしたの? 結愛ちゃん」

「あの、えっと……。このレストランに行くんですか?」

「ええ。このレストランに用事があるのよ。ついてきてくださる?」

「ついていきたいのは山々なんですけど。私の今日の服装では、ドレスコードが」

焦る私におばあさまは「ホホホ」と上品に笑ってウィンクをしてきた。

「大丈夫よ」

全然大丈夫ではないはずだ。チラリと店内を見たが、誰もがキッチリとしたフォーマルな服を着ている。

今の私では絶対に場違いだし、もしかしたらその前にレストラン側に入店をお断りされるかもしれない。

おばあさまは私の手首を掴み、渋る私を強引にレストランに連れていこうとする。

「さぁ、とにかく時間がないわ。観念してついていらっしゃい」

「で、でも……」

店先にいるスーツ姿の男性と目が合う。きっとこのレストランの支配人か何かだろう。これは絶対に入店拒否をされるはずだ。

ビクビクしていたのだが、その男性はおばあさまを見るとにこやかに近づいてきた。

そして、深々と頭を下げてきたのだ。

目を見開いて二人のやり取りを見る。

「お久しぶりです――」

支配人というネームプレートを付けた男性が、おばあさまの名前を言おうとする。

しかし、それを彼女は止めた。

そしてなぜか私を見たあと、支配人に悪戯っぽくシーッと内緒にしておいてと言うように人差し指を自分の唇に押し当てた。

それを見て驚いた表情を浮かべた支配人だったが、心得たのか、にこやかに笑った。

支配人に向かって、おばあさまは満足げだ。

やり取りに首を傾げていると、おばあさまは支配人にお礼を言った。

「ありがとう。お願いしておいた席に案内してくださいな」

「畏まりました。どうぞ、こちらへ」

支配人に案内された席に腰を下ろしたとき、視界に入った人物を見て目を丸くする。

そして、慌てておばあさまに視線を向けた。

すると、彼女は作戦が成功したとばかりに喜んでいる。

少し離れた場所に、遊佐の姿を見つけたのだ。

彼がいる席には、オンジェリック副社長である彼の父親、そして阿久沢繭子の姿も確認できる。

その傍らにいるロマンスグレーの男性は、國ヶ咲銀行頭取である彼女の父親なのだろうか。

遊佐が言っていたように、これは商談の場ではない。明らかに見合いの場といった感じだ。

繭子は、このレストランの雰囲気に合うように少々セクシーなドレスを着ていた。髪を結い上げて大人の女性を演出しているようだ。

コロコロと可愛く笑う様は、清楚さをアピールしているようにも見える。

今日社食で私に見せていた顔とは明らかに違い、別人のようだ。

「いいこと、結愛ちゃん。亮磨たちに見つからないように隠れていなさいね」

「は、はい」

おばあさまは、遊佐が騙し討ちのように見合いの席に連れてこられてしまったことを聞いていたのだろう。

だからこそ、彼女はこのレストランの支配人にあらかじめ連絡を入れ、この席の確保をしたのだ。

だが、どうして私をこの場に連れてきたのだろうか。

そもそも、おばあさまと遊佐は遠縁の間柄だと言っていたが、本当のところどうなのだろう。

支配人とのやり取りを見る限り、おばあさまはこのレストランの常連なのかもしれない。かなりの上客扱いをされていた。

色々聞きたいことは山のようにある。でも、今は彼らのやり取りを静観する必要があるだろう。

おばあさまと目を合わせて頷いたあと、遊佐たちの会話に耳を傾ける。

近からず遠からずの絶妙な場所にいる私たちには、彼らの会話がしっかり聞こえた。

ちょうど彼らからはこちらの席は植え込みや衝立などで隠れているようで、私たちの存在に気がついていない様子だ。

何より、緊迫した様子の四人だ。周りにまで気を回すことなどできないのだろう。

固唾を呑み、私は遊佐を見つめる。

彼は厳しい表情のまま、阿久沢親子にキッパリと言い切った。

「この縁談は、お断りさせていただきます」

席を立とうとする取り付く島もない遊佐に、真っ先に声を上げたのは繭子だ。

「どうして？　亮磨さん。私のこと、あんなにかわいがってくれていたのに……」

涙をポロリと零し、遊佐に縋りつこうとする彼女を見て彼は再び腰を下ろす。

「繭子は妹みたいな存在だ。男女の仲を期待されては困る」

「でも……！　私たち、結婚してもうまくいくはずよ？」

か弱き声を出す繭子に、遊佐は小さく息をつく。疲れた、とでも言いたげな表情で彼女を見る。

「演技なんてしなくていい」

「何を言っているの？　亮磨さん。演技だなんて……酷い」

膝に置いていたナフキンを握りしめ、涙目で遊佐を見つめる。

そんな彼女を見て、彼は呆れたように肩を竦めた。

「繭子。お前も社会人になったんだ。自分だけが特別、自分が常に上位にいなくては気に入らない。そういう考えは、そろそろ捨てろ」

「亮磨さん」

「泣けば誰もが言うことを聞く。そんなふうに思っている以上、俺とお前に未来はない」

「っ！」

淡いピンクに彩られた唇をキュッと噛みしめる繭子を、遊佐は容赦なく切り捨てる。

「そもそも、俺が結愛のことを愛していることは知っているだろう？　お前に入り込む隙間などない」

「……」

「キツイことを言ってすまない。だが、お前が結愛に対して取っている行為について俺は怒っている。ああいう行為は、お前の品格を下げることに繋がる。早急に止めるべきだ」

「何を言って……」

「しらばっくれても無駄だ。すべて俺の耳に入ってきている」

「亮磨さん」

「それに、いつ俺とお前が婚約した？　結婚するなどと言った？　嘘を社内で言われ、こちらとしては大変迷惑をしている。止めてくれないか」

「嘘じゃないわ！　私と亮磨さんは結婚する運命なんだもの」

「繭子」

「亮磨さん、目を覚まして！　あんな人、どこがいいの？　家柄だって、容姿だって、若さだって。何もかも私の方が――」

彼女が遊佐を見て、息を呑む。彼の目が冷ややかで、背筋が凍るほどの怒りを含ませていたからだ。

「いい加減にしろ、繭子。昔のよしみで目を瞑っていたが、我慢も限界だぞ」

遊佐にそんなことを言われるとは思っていなかったのだろう。彼女は唇を戦慄《わなな》かせている。

何も言えなくなった娘を見て、彼女の父親が加勢をしてきた。

「亮磨くん、それだけのことを言うということは覚悟ができているということだね?」

「阿久沢頭取」

「では、今後こちらからの融資はストップさせていただくということでよろしいかな?」

挑発するように阿久沢は遊佐に揺さぶりをかける。

オンジェリックにとってはメインバンクでもある國ヶ咲銀行。

そのトップである頭取が圧力をかけてきた。これに反抗すれば、オンジェリックといえど立場は苦しくなる。

そのことに遊佐が気づいていないはずがない。感情のままに動く男ではないことを知っている。

だが、大丈夫だろうか。

私が手に汗握って心配しているというのに、遊佐の顔は涼しげだ。

ニッコリとほほ笑んで、阿久沢に向かって頷く。

「ええ、構いません」

あまりに潔く言い切るものだから、阿久沢は度肝を抜かれたようで目を丸くしている。

だが、すぐさまオンジェリックの窮地に青ざめたのは遊佐の父親である、副社長だ。

「亮磨！　お前は何を言っているかわかっているのか！　阿久沢さんに謝れ!!」

この席がレストランの一番奥だとはいえ、周りに聞こえるほどの大声で怒鳴れば視線が集まる。

だが、それにも気がつけないほど怒り心頭の副社長は立ち上がり、隣りに座る遊佐を睨みつけた。

一方の遊佐は、それでもクールな姿勢を崩しはしない。

グラスの水を一口飲んだあと、阿久沢に向かって意味深に笑って見せた。

「そういう手を使ってくるだろうことは予想済みですよ、阿久沢頭取」

「何……？」

余裕綽々といった雰囲気だった阿久沢だったが、急に訝しげになる。

それもそうだろう。切り札である資金打ち切りを言い出したのにもかかわらず、遊佐に戸惑いの色は見えないからだ。

その上、この手を使ってくることはわかっていたと、最初からこの状況になることを予測していた遊佐。

ここまで強気の彼を見れば、百パーセント勝てると思っていた阿久沢の脳裏に疑問が浮かぶのは当然だろう。

遊佐は阿久沢の表情を見て、唇に小さく笑みを浮かべた。

「RR銀行、ご存じですよね？」

「……そこが、どうしたというのだ」

國ヶ咲と並び、国内大手であるRR銀行。その名前が遊佐の口から出たことに、阿久沢の表情が一変する。

それを見て、彼は満足げに口を開いた。

「すでに、RR銀行と商談の準備をしています」

はったりなのか、真実なのか。それを聞いて私はもちろんだが、他の面々は顔面蒼白となる。

声を上げたのは副社長だった。

身体を震わせ、遊佐に罵声を浴びせる。

「そんな、はったりを！　お前は、うちの会社を継ぐ覚悟ができていない！」

顔を真っ赤にさせ身体を震わせている。よほど腹に据えかねたのだろう。

そんな父親に、遊佐は真剣な目で言い切った。

「メインバンク移行を考えているのは会社のためです。これほど愛社精神がある社員はいないと思いますが？」

「何を言っているんだ！」

怒鳴り散らす副社長から視線を外し、遊佐は阿久沢に向き直る。

「國ヶ咲銀行は、近々窮地に追い込まれる。そして、それは同時に阿久沢頭取の退陣にも繋がりますね」

それを聞いて阿久沢の身体は震えた。そんな彼を見て繭子だけが、何もわかっていない様子で「どうしたの？　お父さま」と腕を揺すっている。

だが、娘に返事すらできない阿久沢に、遊佐は余裕ある笑みを浮かべた。

「我が国に國ヶ咲あり。そう言われたのは、今は昔ということです。まだ正式発表はされていないようですが、大幅な人員削減を予定していますよね？」

「……」

「まぁ、今のご時世、経費削減に踏み切る銀行は少なくない。ＡＩやフィンテックのようなＩＴ化が急速に進歩しているため、行員の仕事をそれらに置き換える方針でしようけど。それらに早急に手を付けたのには、理由がある。そうですよね？　頭取」

何も言わず俯いたままの阿久沢に、遊佐は淡々とした様子で続ける。

「大きなスキャンダルに頭を悩まされていませんか？」

「っ！」

阿久沢が急に顔を上げ、遊佐を見つめる。その顔は、真っ青になっていた。

「うちのメインバンクを國ヶ咲から変更するか、どうか。それはとりあえず保留にしておいたとしても。阿久沢頭取、貴方は近々退陣を強いられる。それだけは確かだ」

「な、何を言って……」

戸惑う阿久沢に、遊佐は余裕な様子で口角を上げる。

「まだ、この話はマスコミなどには漏れていない。ですが、こんなところで油を売っていていいのか。心配にはなりますね」

「……っ」

「政治家の――」

遊佐が政治家の名前を出そうとすると、阿久沢は慌てて立ち上がった。

「亮磨くん！」

必死な形相で口止めしようとする阿久沢を見て、おばあさまが意気揚々と立ち上がる。

「え？　どうしました？　おばあさま」

最後のやり取りまでこの場で見守るのだろうと思っていたのに、いきなり彼女は立ち上がり遊佐たちの席へと行こうとする。

それを止めようとしたのだが、彼女は私に向かって悪戯っ子のようにほほ笑む。

「そろそろ私の出番のようだから、少し席を外すわね？」

「え？」

「あ、そうそう。結愛ちゃんは、ここで隠れていてね」

「ええ？　おばあさま？」

驚いて声を上げそうになる私をその場に置き、颯爽《さっそう》とした足取りでおばあさまは奥にあるテーブルへと向かう。

「あら、珍しい顔がいますわねぇ。阿久沢さん？」

「緒方会長!?」

阿久沢はますます顔色を悪くして、おばあさまを唖然と見つめる。

だが、唖然としたのは私も一緒だ。

阿久沢は、おばあさまに向かって〝緒方会長〟と言わなかったか。

オンジェリックは緒方一家が経営陣を占めている。そして、そのトップに君臨するのが緒方会長だ。

ただ、会長は日頃は人前にも出てこないし、隠居状態だと聞いたことがある。

会長が社長だった頃にいた社員たちは顔を知っている者もいるらしいが、現在の社員たちの大半は会長の顔を知らない。

広報などにも顔載せは一切しておらず、ベールに包まれている人物だ。もちろん、私も見たことはない。

おばあさまがオンジェリックの会長だというのか。

突然のおばあさまの登場に、遊佐以外は皆が目を丸くさせた。

そんな面々に、彼女はゆったりとだが堂々たる振る舞いを見せる。

「うちのかわいい孫が粗相をしないかと心配でしてね。きてしまったのよ」

おほほ、と優雅に笑ったあと、急に彼女の雰囲気が変わる。

穏やかな顔が一変、企業のトップに立つ人間という顔つきになり、周りの温度が一気に下がったように感じた。

「時に、阿久沢頭取。亮磨が掴んできた情報、私の耳にも入ってきておりますよ」

「っ！」

「まぁ……。亮磨の耳に入るぐらいですから、私の耳に入らない訳がないとも言いますが」

不敵に笑うおばあさまを見て、遊佐は「うるさいな、ばあちゃん」と顔を歪めた。

そんな孫をかわいがるように一瞬だけ目元を緩めたおばあさまだったが、すぐに表情を引きしめる。

「こう言った方がいいかしらね。私が知っているということは、政財界にも広まり始めているということです。不正はいずれ明らかになり、貴方の首でなんとかなればいいですけど、國ヶ咲銀行も痛手を負うことになるでしょうね」

「緒方会長……っ！　何卒、お力をお貸しいただけないでしょうか」

縋るようにおばあさまを見つめる阿久沢に、彼女は首を横に振る。

「何をおっしゃっているのか、わかりませんわね。私の力など、さほどありませんよ」

「緒方会長！　貴女さまの力は政財界にも知れ渡っております。どうか……どうか！」

「申し訳ないわね、阿久沢頭取。私はオンジェリックの筆頭株主としても、今回のことは見逃せません。貴方、オンジェリックを今回のことに巻き込もうとしていたのでしょう？　うちの会社が窮地に陥るようなことになったら目も当てられませんもの。お引き取りくださるかしら」

「とんでもない！　そんなことは決して」

「うちの亮磨と貴方のお嬢さんとを結婚させ、私と昵懇《じっこん》になることが目的なんでしょうけどね」

「緒方会長！」

「不正融資の数々。それが明らかになるのも時間の問題かもしれませんわね」

「……っ！」

それでも縋りつこうとする阿久沢を、遊佐が立ち上がって止める。

おばあさまを背後に庇い、彼は阿久沢に厳しい口調で言う。

「見苦しいですよ、阿久沢頭取。お引き取りいただけますか？」

ピシャリと言い切る遊佐を見て、阿久沢は絶望的な表情を浮かべる。

ガックリと肩を落としたあと、「失礼いたします」と言うと娘の繭子の腕を掴み、強引にレストランをあとにしようとする。

それに異を唱《とな》えたのは、繭子だった。

「どうして帰らなければならないの？　お父さま」

「この縁談はなしだ」

「イヤよ、イヤ！　なんで諦めなくちゃいけないの？」

「それどころではない！　とにかく、帰るぞ！　繭子」

繭子はいつものお淑やかさなど微塵も見られないほど取り乱したが、父親である阿久沢によって連れ去られていった。

ようやく静かになった場だが、まだ問題は残されているようだ。

遊佐の父親である副社長が、この流れを見て青ざめている。

おばあさまは腕を組んで、彼を睨みつけた。

「この縁談について、貴方の妻は知らないんでしょう？」

「っ」

言葉に詰まるところを見ると、今回の縁談を企てたのは副社長一人のようだ。

そんな様子を見て、おばあさまは盛大にため息をつく。

「私の娘が、この惨状を知ったとしたら怒り狂いますよ？　貴方がどうなるのか……。想像するだけで怖いわねぇ」

「……っ！」

おばあさま——オンジェリック会長の娘で、緒方副社長の妻。それは、遊佐の母親であり、オンジェリック現社長のこと。

彼女のことを思い出し、副社長は妻の怒りを想像したのだろう。彼の顔は、一気に青白くなる。

おばあさまは困ったように息を吐き、副社長を窘めた。

「亮磨に苦労をさせたくないから、少しでも楽な道に導きたいという気持ちもわからないわけではないわ。でも、色々な困難が襲ってきたとしても、亮磨はへこたれたりしませんよ」

「お義母さん……」

「なんて言ったって、この子には女神がついているんですから」

何も言わずただ立ち尽くす副社長に、遊佐は声をかけた。

「親父の気持ちもわかるが、経営陣に入るのは、もう少しだけ待っていてほしい。今の仲間で、やり遂げたい仕事がある。絶対に成功させたいんだ」

「亮磨」

「親父が俺の未来を案じて、早く経営陣に入れさせたいと思っていることはわかっている。地盤をしっかり固めてから、俺に会社を譲りたいと思っていることも。だけど、メインラインナップの刷新。これは、絶対にやりたい」

「……」

「それに、俺の伴侶は自分で決めるから。それだけは、絶対に譲れない」

「……そうか」

「はい」

父親の目をまっすぐに見つめる遊佐を見たあと、副社長は彼の後方へと視線を移す。

バッチリ目が合ってしまった。慌てる私を、副社長はジッと見つめてくる。

その強い目は、遊佐とそっくりだ。やっぱり親子だと妙に納得してしまう。

彼は再び遊佐を見て、小さく頷いた。

「悪かったな、亮磨」

「親父」

「自分が経営の経験がなかったから、かなり大変な思いをして今のポジションを勤めてきた。だからこそ、亮磨には苦労させたくなかった。早くに経営の勉強をさせて苦労を減らしてやりたい。お前が継ぐときに苦労することがないようにと先回りして考えすぎたようだな。國ヶ咲銀行頭取と姻戚を結べば、地盤が磐石になると……。甘い誘いに乗ってしまったのは私のミスだ」

ようやく納得してくれたようだ。ホッと胸を撫で下ろす遊佐の肩をポンと叩くと副社長は「お前の好きなようにすればいい」と苦笑しながら言った。

そして、副社長はその場を後にして、私のところにやってきたのだ。

遊佐は振り返って副社長に驚いた顔をしていたが、私はそれどころではない。

「桃瀬結愛さん、だね？　こんばんは」

「こんばんは」

慌てて席を立ち、勢いよく頭を下げる。

下げながらも、私の頭は混乱中だ。どうして副社長である遊佐の父親が、一介の社員の名前など覚えているのだろう。

ビクビクしながら頭を上げると、どこかスッキリした様子の副社長の顔があった。

「君が、亮磨の女神か。なるほど」

「えっと？」

「君の噂はあちこちから聞いている。亮磨とは、ケンカップルと言われているんだったか？」

「っ！」

まさか副社長の耳に、そんな戯れ言が届いているとは思わなかった。

顔を真っ赤にさせている私を見て、彼はフフッと楽しげに笑う。

やっぱり遊佐とそっくりだ。

「君と亮磨が関わった商品、どれもヒット商品になっている。お互いが切磋琢磨しているということかな」

「副社長……」

「うちの息子は、私に似てかなり頑固だ。一度決めたら、なかなか譲らない。だから――」

「え？」

私に小さく呟いたあと、彼はレストランを出ていってしまった。

――亮磨が迷いそうになったとき、君が導いてやってくれ。亮磨の女神さま。

認めてくれたということなのだろうか。

彼の後ろ姿を見送っていると、急に背後から抱きしめられた。

顔を見なくてもわかる。この香り、体温。それは――。

「ゆ、遊佐？」

「何、うちの親父と内緒話をしているんだ？」

「えっと……あはは」

笑ってごまかそうとしたが、彼は面白くなさそうだ。

なんとかして白状させようとしてくる遊佐を、おばあさまは窘める。

「ほら、亮磨。人様の前ですよ？」

「どれだけ人がいても、俺は結愛を抱きしめたい」

「何を言っているのよ！」

彼に抗議をして腕の中から出ようとするのだが、キツく抱きしめられているために抜け出すことができない。

そんな遊佐を見て、おばあさまは呆れ返った様子だ。そして、同情するように私を見つめてくる。

「結愛ちゃん、ごめんなさいね。こんな孫で」

「孫……なんですよね」

「ああ、その件もごめんなさいね。結愛ちゃんになら明かしてもよかったんだけど、いきなり勤め先の会長の家に泊まるなんて緊張しちゃうかしらと思って」

気を遣ってくれたということなのだろう。

首を横に振って大丈夫だと伝えると、おばあさまは遊佐を私から引き離した。

「結愛ちゃん。私は、貴女の味方よ。亮磨を色々な面で救い出してくれた貴女のこと、私の娘……亮磨の母親と私は女神さまって呼んでいるほどなの。だからね！」

キュッと私の両手を握り、真剣な眼差しで宣言してきた。

「万が一、義息子が貴女と亮磨を別れさせようとしてきたら言ってちょうだいね」

「えっと……？」

「こう見えて、私は筆頭株主なの。あの子を辞めさせるぐらいなんともないわ」

「っ！」

なんか笑顔でとんでもないことを言われた気がする。

顔を引き攣らせていると、遊佐も苦笑して私の肩にポンと手を置いた。

「この、ばあちゃん。そんじょそこらのばあちゃんとは違うから」

「え？」

「オンジェリック会長であり筆頭株主っていう肩書きとは別に、政財界にも太いパイプを持ったばあさまだ。親父と阿久沢頭取が楯突けなかったのも、そのため」

「……」

「敵に回さない方がいい相手だな」

こんなに穏やかでほんわかとした上品なおばあさまが、実は陰のドンのような存在だったとは。人は見かけによらないのだと、肌で感じる。

遊佐と二人で目を合わせて肩を竦めていると、おばあさまはレストランの支配人に手を上げた。

「お騒がせしてしまって申し訳なかったわね」

「いえ、いつもお引き立ていただいている緒方さまからのたってのお願いでしたから」

にこやかにほほ笑む支配人に、おばあさまは品よくほほ笑む。

「緒方で押さえている部屋があるでしょう？　今日、そこに私が泊まる予定でしたけど、この子たちが泊まるわ。あと、部屋にオススメのコース料理を運んでくださるかしら？　あと、他のお客さまにご迷惑をかけてしまったから何かお礼になるものをお出ししてくださる？」

「畏まりました。では、すぐに用意いたします」

恭しく頭を下げて支配人は去っていったが、二人の会話を聞いて私は目を丸くさせた。

呆気に取られていると、おばあさまは「うふふ」と朗らかに笑う。

「今日は色々とありがとうね、結愛ちゃん。亮磨とゆっくりしていって？」

「あの、えっと」

「明日も仕事でしょう？　お洋服は新しいものを届けさせるから、よかったら着てね」

口を挟む間もないほど一方的に言うと、彼女は満足したようだ。

「二人とも仲良くね。あと、婚姻届の証人の欄、一つは私が書きますからね。いつでも持っていらっしゃいね」

「おばあさま!?」

なんだか飛躍した言葉が飛び出してきた。目を白黒させる私を余所に、遊佐は彼女に声をかけた。

「っていうか、ばあちゃん。今日はどこに泊まるつもりだ?」

「うふふ、今日は娘夫婦のところに行くわ。お灸を据えに行かなくちゃね」

どうやらあのやり取りだけでは、腹の虫が収まらなかったらしい。

軽やかな足取りで、彼女もレストランを去っていった。

嵐のような時間を過ごし、脱力してしまう。

私の腰を抱き、遊佐は耳元で囁いてくる。

「結愛、お疲れ。今日はありがとう」

「……私は大丈夫だし。それより、遊佐の方が心配だったんだけど?」

「ん? なんとか縁談をぶっ潰すことができたから満足だ」

確かに潰してはいた。色々と情報集めや根回しをしていた結果が垣間見れた。

阿久沢頭取のスキャンダルを掴むため、遊佐はここずっと奔走していたのだろう。

「自分の罪の代償をオンジェリックに被せようとしていた。それに気がつけてよかった。今回の縁談の件がなかったら正直危なかったかもしれない。そういう意味では、この縁談も意味があったな」

ケロリとなんでもないように言い切る遊佐は、やっぱりオンジェリックの御曹司なのだろう。肝が据わっている。

彼の父親が、何がなんでも遊佐に跡を継がせようとするのも無理もないかもしれない。

だが、その件については、これから彼がゆっくり考えることなのだろう。

私にできることは、どんなときでも彼の傍にいること。それだけだろうし、彼もそれを望んでいるはずだ。

「お疲れさま、遊佐。ゆっくり休んでね」

コテンと彼の身体に頭を寄りかからせると、つむじにキスが降ってきた。

「ああ、もちろん、結愛が癒してくれるんだろう？」

「え？」

驚く私の腰を抱き直すと、遊佐はおばあさまが用意してくれた部屋へと向かう。
そして――。私はしっかり一晩かけて遊佐を癒し続けることになるのだ。
キスの嵐という方法で。

エピローグ

阿久沢家との縁談が潰れてから、ひと月が経つ。

その後、阿久沢頭取の悪事が週刊誌によって暴かれ、彼は辞職することになった。

そのことで、繭子はこの会社に居づらくなってしまったのか。

社員も知らぬうちに、退職をしてしまったらしい。それも、いきなり退職届が送られてきただけ。本人はその後、姿をくらましてしまったという。

世間ではそんな事件が大きく取り上げられていたのだが、私の周りは至って平和だった。

そんなふうに思っていたのだが、それは間違いだったようだ。

遊佐……いや、緒方亮磨を甘く見ていたことを、私は痛感する。

彼の口説きに耐えられる人物なんて、きっといないということを。

彼の行動は、目を瞠《みは》るものがあった。とにかく、口説かれまくる毎日。

恋人同士になったばかりなのに、今度は私を自分の妻にしようとモーションをかけてくる。

心臓がいくつあっても足りない、と叫びたくなるほど破壊力が凄まじい口説き文句を囁かれる毎日。

極めつけは、彼からの甘いプロポーズだった。

『結婚してくれ、結愛。お前と一秒でも離れていたくない』

そんなことを情熱的な目で言われたら、すぐにでも返事をしてしまいたくなる。

それも、少しだけ潤んだ瞳で、私が欲しいと懇願してくるのだ。

それはもう、頷いてしまうだろう。

展開が速すぎないか、と戸惑いもしたが、私だって彼と一緒にいたいと思っている。

『はい、よろしくお願いします』

とすぐさま返事をした。

現在、私の左薬指にある指輪は、プロポーズを受け入れたときに渡されたものだ。

『必ず毎日嵌めていてくれ』

そう言い募ってくる彼に昨日まで反発したのは私である。毎日は無理だ、と。

この指輪は、緒方家に代々伝わる由緒正しき物らしい。

嫁いでくる嫁に、受け継がれている指輪なんだとか。

こんなに高価な指輪を普段使いにするというのも気が引けるし、何より私と遊佐の関係を今はまだ伏せておきたかった。

それなのに……、遊佐は満面の笑みで言ったのだ。

『これは虫除けでもあるんだ。しないと言うなら……』

そのあとの出来事を思い出し、顔が熱くなってしまう。

(あの男。本当、どうしてくれよう……!)

私が今日、この指輪をしている理由。それは、ブラウスの襟、ギリギリの部分に秘められている。

襟で隠れた場所には、紅い所有印があるのだ。

『指輪の代わりに、所有印は必要だろう?』

と遊佐は余裕の笑みを浮かべて言ったのである。

痕が消えそうになると、遊佐は鎖骨あたりにキツく吸い付き痕を付ける。その繰り返しをされてしまうのだ。

最初こそは絆創膏を貼ってごまかしていたが、他にも痕を付けそうな勢いの遊佐に白旗を掲げたのである。

今、私たちがいるのはディスカッションルームだ。これから遊佐率いるマーケティング部との企画会議が始まる。

甘ったるい思考を切り替えなくては。そう思っていると、遊佐が先導して部屋に入ってきた。

「では、会議を始めよう。桃瀬、議案提議をよろしく」

「はい。では、お手元の資料をご覧ください」

いつものように万全なプレゼンを行ったつもりだった。だが、すぐに雲行きが怪しくなる。

「桃瀬、この前も指摘したはずだ。この販売層では」

「わかっている！　だけど、もう少し考えてみて。市場の動きを見ても、絶対にこれからこの販売層にヒットするはず」

「いや、まだ来ない。確かにいずれ来るはずだが、今ではない」

「そこは、うちが先駆けになる必要がある。大手化粧品会社のプライドにかけて」

「プライドでぽしゃったら意味がない。もう少し検討の余地がある」

一歩も引かない私と遊佐のやり取りは、いつも通りだ。

メンバーも慣れっこで、私たち二人を見て生温かい目をしている。

「とにかく、もう一度考え直してこい。この企画では検討する意味がない」

「うぅ……」

あれこれとデータを見せつけられ、リスク面でもコスト面からもゴーサインは出ないと撥ね付けられてしまった。

チームに戻り、もう一度考え直しだ。だが、何がなんでも商品化してみせる。

闘志を燃やす私を見て、遊佐はフッと表情を和らげた。

「相変わらず、モモは闘志を漲《みなぎ》らせているな」

「当たり前！　私たちのコスメを待っているユーザーのためにも、手は抜けないから」

鼻息荒い私を見て、遊佐は私の頭に手を伸ばしてきた。

驚いた私は身動きが取れない。もちろん、周りの皆も目を見開いている。

ケンカップルとは言われ続けているが、仕事場で遊佐がこんな甘い表情で私に触れてくるなんて一度もなかったからだ。

部屋の中が静まり返っていることに、ようやく彼も気がついたのだろう。

慌てて手を引っ込めて、ばつが悪そうな表情を浮かべる。

「わりぃ、ちょっと気が抜けていた」

仕事中の遊佐が、こんなふうにプライベートを出すようなことは今までに一切なかった。

だからこそ、周りはざわついてしまう。

「遊佐課長と桃瀬さん、やっぱり……！」

「ケンカップルって言われてはいたけど、本当の恋人だったなんて」

私と遊佐の関係は、まだ伏せられている。私は、慌てて自分の左手を隠す。

ここで指輪を見られてしまったら、言い逃れできない。

「さて、これで会議は終了ってことで。遊佐課長、よろしいですか？」

とにかく逃げるが勝ちだ。そそくさと資料を纏めて出ていこうとしたのだが、なぜか遊佐に左手首を掴まれた。

「は？　ゆ、遊佐？」

隠していた左薬指が露になってしまった。それを目敏く見つけた女子社員たちが声を上げる。

期待に目を輝かせている彼女たちを見て、もう言い逃れできないことを悟る。

何よりこの男は隠すつもりは毛頭ないのだから、私一人で抵抗しても無駄だ。

「桃瀬結愛と婚約した。会社には後日報告する。だが、その前にいつも俺たちを支えてくれる君たちに伝えたかった。これからも結愛とともによろしく。仕事場ではいつも通りだから、気を遣わないように。なぁ？　結愛」

お手上げだ。私は盛大にため息をついたあと、「まぁ、そういうことなので。よろしく」とボソッと皆に報告をして逃げ出そうとする。

「ついにモモさん、覚悟を決めたんですね！」

「やったぁ――！　僕の義姉になるんですよね？　嬉しい！」

梶村と拓也が諸手を挙げて喜んでいる。だが、今はとにかく逃げ出さなくては。

「あ！　逃げた！」

ディスカッションルームからは、チームの皆から歓声が上がっているのが聞こえる。

おめでとうとお祝いを言われて嬉しいが、気恥ずかしい。

私は真っ赤になっている頬をごまかすように、一緒に出てきた遊佐に悪態をつく。

「本当、勘弁してよ！」

「悪い。なんか……嬉しくなって、つい」

「え？」

「指輪、してきてくれたんだな」

「だって……。毎日遊佐がキスマーク付けるんだもん。これ以上、指輪してこなかったら、もっと見えそうな場所にも付けそうだったし！」

唇を尖らせる私を見て、恥ずかしがっているのがわかったのだろう。

遊佐は、クシャクシャと私の頭を撫でてきた。

「愛しているから、したくなるんだよ。わりぃか」

「あ、開き直ったわね？」

頬を赤らめた遊佐は、なかなかにレアだ。そんな彼を見て、許してあげようなんて思うあたり、私も相当彼のことが好きだ。

なんと言っても、高校生の頃から彼のことが好きだったのだ。年季が違う。

あたりを見回し、誰もいないことを確認する。そして、背伸びをして彼の耳元で囁く。

「悪くないわよ」

それだけ言うと、私はスタスタと企画部のオフィスに向かって歩き出す。

だが、突然背後から肩を掴まれて抱き寄せられた。

「ちょ、ちょっと！　遊佐ってば」

ここは会社だ。いつものように口説かれては堪らない。

止めようとした私の耳に入ってきたのは、甘ったるく低い声だった。

「覚えてろよ、今夜」

ゾクリとするほど官能的な声で言われ、身体中が熱くなってしまう。

顔を真っ赤にして固まった私に、彼はあり得ないほど甘くほほ笑んだ。

「愛している、結愛」

そう言うと、彼はマーケティング部がある階へと足早に行ってしまった。

彼の後ろ姿を完全に見送ったあと、左薬指に触れる。

「だから、ここは会社だってば！」

残された私は、熱くなってしまった頬を持て余しながら小さく呟く。

今夜覚悟するのは、私だけじゃない。遊佐もだ。

私だって負けてはいられない。遊佐が大好きだってことを、一生伝え続けてやる。

左薬指に納まっている指輪を見つめながら、頬を綻ばせた。

あとがき

ストロベリームーンを見ながら、この原稿の最終チェックをしておりました。橘《たちばな》です。

前作の『極上彼氏と秘密の甘恋～出会ってすぐに溺愛されています～』の作中では、スノームーンの話題を出しましたが、月ごとに訪れる満月には名前が付けられているそうですよ。

六月の満月はストロベリームーンと名付けられていますが、少しだけ赤みがかった月でした。毎年この頃は梅雨真っ只中ですから、ストロベリームーンを見るのは運も必要なのかななんて思いますよね。見ることができて、ラッキーな気持ちになりました。

さて、マーマレード文庫さまでは三作目の作品となります。『一夜限りのはずが、クールな帝王の熱烈求愛が始まりました』ですが、こうして皆様にお披露目させていただくことができてありがたく思っています。

今作のテーマは「忘れられない初恋」です。初恋は、誰もが経験をされているかと思いますが、やっぱり特別な思い入れがある方が多いんじゃないかなと思います。

モモと遊佐《ゆさ》も、その中の一人でした。

忘れられない恋、でも忘れなくてはいけない恋。

頭の中ではわかっていても、心がそれを拒絶する。だからこそ、恋を拗らせてしまう。

初恋は実らない。そんな言葉がある中、それを覆すことができた主役の二人。

作中で遊佐のおばあさまが『こうして二人が長い時を越えて一緒にいるということは、ご縁だったのでしょうね』と言っておりましたが、運命の赤い糸で結ばれた二人を書くことがとても楽しかったです。

そんな二人を応援しながら、甘酸っぱい恋を楽しんでいただけていたら幸いです。

最後にお礼を言わせてください。

今作を出版するにあたり、色々な方のご協力をいただきました。

作品を書かせてくださった、マーマレード文庫編集部さま。いつも的確なアドバイスと、励ましをくださる担当さま。

イラストという艶やかな彩りを添えてくださった、まりきち先生。（素敵すぎるモモと遊佐をありがとうございます！）

その他、ご尽力くださった皆様方に感謝の気持ちでいっぱいです。

なにより、この本を手に取ってくださった、皆様。本当にありがとうございました。

また、何かの作品でお会いできることを楽しみにしております。

橘柚葉

m a r m a l a d e b u n k o

この彼氏、秘密も溺愛も最高に甘い♡

ISBN 978-4-596-41661-2

極上彼氏と秘密の甘恋

～出会ってすぐに溺愛されています～

橘 柚葉

奥手で恋愛経験がないのどかは、あるきっかけで隼人と携帯でのやり取りによるお付き合いを始める。文字や声から溢れ出る隼人の誠実な優しさに惹かれ、初デートをすることに。隼人の完璧なエリートの一面と暴漢から護ってくれた凛々しさにときめく。更に情熱的な瞳で「君のこと、大事にする」と甘く囁かれ…。幸せ一杯の二人だが、隼人には秘密が!?

甘くてほろ苦い。キュンとする恋♥　マーマレード文庫　定価 本体620円 + 税

ファンレターの宛先

マーマレード文庫をお買い上げいただきありがとうございます。
この作品を読んでのご意見・ご感想をお聞かせください。

宛先
〒100-0004　東京都千代田区大手町 1-5-1 大手町ファーストスクエア イーストタワー 19 階
株式会社ハーパーコリンズ・ジャパン　マーマレード文庫編集部
橘 柚葉先生

マーマレード文庫特製壁紙プレゼント!

読者アンケートにお答えいただいた方全員に、表紙イラストの
特製 PC 用・スマートフォン用壁紙をプレゼントします。

詳細はマーマレード文庫サイトをご覧ください!!
公式サイト
@marmaladebunko

twitterもチェック!

原・稿・大・募・集

マーマレード文庫では
大人の女性のための恋愛小説を募集しております。

優秀な作品は当社より文庫として刊行いたします。
また、将来性のある方には編集者が担当につき、個別に指導いたします。

募集作品
男女の恋愛が描かれたオリジナルロマンス小説(二次創作は不可)。
商業未発表であれば、同人誌・Web上で発表済みの作品でも応募可能です。

応募資格
年齢性別プロアマ問いません。

応募要項
・パソコンもしくはワープロ機器を使用した原稿に限ります。
・原稿はA4判の用紙を横にして、縦書きで40字×32行で130枚～150枚。
・用紙の1枚目に以下の項目を記入してください。
①作品名（ふりがな）／②作家名（ふりがな）／③本名（ふりがな）／④年齢職業／⑤連絡先（郵便番号・住所・電話番号）／⑥メールアドレス／⑦略歴（他紙応募歴等）／⑧サイトURL（なければ省略）
・用紙の2枚目に800字程度のあらすじを付けてください。
・プリントアウトした作品原稿には必ず通し番号を入れ、右上をクリップなどで綴じてください。
・商業誌経験のある方は見本誌をお送りいただけるとわかりやすいです。

注意事項
・お送りいただいた原稿は返却いたしません。あらかじめご了承ください。
・応募方法は必ず印刷されたものをお送りください。
CD-Rなどのデータのみの応募はお断りいたします。
・採用された方のみ担当者よりご連絡いたします。選考経過・審査結果についてのお問い合わせには応じられませんのでご了承ください。

m a r m a l a d e b u n k o

応募先
〒100-0004 東京都千代田区大手町1-5-1 大手町ファーストスクエア イーストタワー19階
株式会社ハーパーコリンズ・ジャパン「マーマレード文庫作品募集」係

ご質問はこちらまで E-Mail / marmalade_label@harpercollins.co.jp

マーマレード文庫

一夜限りのはずが、クールな帝王の熱烈求愛が始まりました

2021年9月15日　第1刷発行　定価はカバーに表示してあります

著者　橘 柚葉　©YUZUHA TACHIBANA 2021
発行人　鈴木幸辰
発行所　株式会社ハーパーコリンズ・ジャパン
東京都千代田区大手町1-5-1
電話　03-6269-2883（営業）
0570-008091（読者サービス係）
印刷・製本　中央精版印刷株式会社

Printed in Japan ©K.K. HarperCollins Japan 2021
ISBN-978-4-596-01360-6

m a r m a l a d e b u n k o